U0754825

搜神记

[晋] 干宝 著

陕西新华出版传媒集团
三秦出版社

鸟群斗者，师战之象也。——《白黑乌斗》

天上玉女，见遣下嫁，故来从君。

——《弦超与神女》

桑中生李，
以此为神。——《张助种李》

嘉平初，白马河出妖马，夜过牧边鸣呼。——《妖马》

仰视树上，有一年少人，可十四五。——《蝉妖》

　　虽考先志于载籍，收遗逸于当时，盖非一耳一目之所亲闻睹也，又安敢谓无失实者哉。卫朔失国，二传互其所闻，吕望事周，子长存其两说。若此比类，往往有焉。从此观之，闻见之难，由来尚矣。夫书赴告之定辞，据国史之方册，犹尚若此；况仰述千载之前，记殊俗之表，缀片言于残阙，访行事于故老，将使事不二迹，言无异途，然后为信者，固亦前史之所病；然而国家不废注记之官，学士不绝通览之业，岂不以其所失者小，所存者大乎。今之所集，设有承于前载者，则非余之罪也。若使采访近世之事，苟有虚错，愿与先贤前儒，分其讥谤。及其著述，亦足以发明神道之不诬也。群言百家，不可胜览；耳目所受，不可胜载。亦粗取足以演八略之旨，成其微说而已。幸将来好事之士，录其根体，有以游心，寓目，而无尤焉。

晋散骑常侍新蔡干宝令升撰

目录

卷一

卷二

卷五

卷六

卷七

卷八

卷九

卷十

卷十一

卷十六

卷十七

卷十八

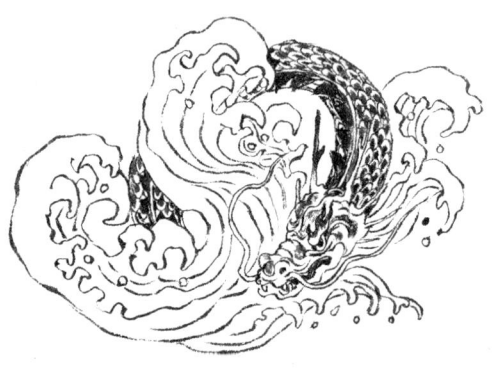

卷一

神农鞭百草

　　神农[1]以赭鞭鞭百草，尽知其平毒寒温之性[2]，臭（xiù）味[3]所主，以播百谷，故天下号"神农"也。

注释：
1. 神农：又称炎帝。传说中太古帝王名，是农业和医药的发明者，故称神农氏。
2. 平毒寒温之性：指草木无毒、有毒、寒热、温良方面的药性。
3. 臭味：气味。

雨师赤松子

　　赤松子者，神农时雨师[1]也，服冰玉散[2]，以教神农。能入火不烧。至昆仑山，常入西王母[3]石室中。随风雨上下。炎帝少女追之，亦得仙，俱去。至高辛[4]时，复为雨师，游人间。今之雨师本是焉。

注释：
1. 雨师：传说中的司雨之神。
2. 冰玉散：传说中的一种长生不老药。
3. 西王母：又称西华金母。相传为女仙之首，是长生不老的象征。

4.高辛：即帝喾（kù），名俊（一作夋、夒），出生于高辛（今河南省商丘市睢阳区高辛镇），相传为黄帝曾孙，古华夏部落联盟首领，五帝之一。

赤将子舆

赤将子舆（yú）者，黄帝[1]时人也。不食五谷，而啖[2]百草华。至尧[3]时，为木工。能随风雨上下。时于市门中卖缴（zhuó）[4]，故亦谓之缴父。

注释：

1.黄帝：古华夏部落联盟首领，中国远古时代华夏民族的共主，五帝之首，被尊为中华"人文初祖"。

2.啖：吃。

3.尧：帝喾之子，古华夏部落联盟首领，五帝之一。

4.缴：系在箭上的生丝绳。

宁封子自焚

宁封子，黄帝时人也。世传为黄帝陶正[1]。有异人过之，为其掌火。能出五色烟。久则以教封子。封子积火自烧，而随烟气上下。视其灰烬，犹有其骨。时人共葬之宁[2]北山中。故谓之宁封子。

注释：

1.陶正：主管制造陶器的官员。

2. 宁：古地名。周武王改宁为修武，汉武帝时改修武为获嘉。旧址在今河南获嘉。

偓佺采药

偓佺（wò quán）者，槐山[1]采药父也。好食松实。形体生毛，长七寸。两目更方[2]。能飞行，逐走马。以松子遗尧，尧不暇服。松者，简松也。时受服者，皆三百岁。

注释：

1. 槐山：古山名。《山海经·中山经》："（朝歌之山）又东五百里曰槐山，谷多金锡。"
2. 更方：更改方向。此处指双眼能同时看不同的方向。

彭祖仙室

彭祖者，殷时大夫也。姓钱，名铿。帝颛顼[1]（zhuān xū）之孙，陆终氏[2]之中子。历夏而至商末，号七百岁。常食桂芝。历阳[3]有彭祖仙室。前世云：祷请风雨，莫不辄应。常有两虎在祠左右。今日祠之讫[4]，地则有两虎迹。

注释：

1. 颛顼：姬姓，号高阳氏，相传为黄帝之孙，昌意之子。古华夏部落联盟首领，五帝之一。

2. 陆终氏：陆终是中国上古时代传说中的人物，楚国先祖火神吴回之子。

3. 历阳：古郡县名，秦时置历阳县，晋时置历阳郡。即今安徽和县。

4. 讫：消失，不存在。

师门使火

师门者，啸父[1]弟子也。能使火。食桃葩[2]。为孔甲[3]龙师。孔甲不能修其心意，杀而埋之外野。一旦，风雨迎之，山木皆燔（fán）[4]。孔甲祠而祷之，未还而死。

注释：

1. 啸父：古代中国传说中的仙人。刘向《列仙传》中亦记载有"啸父补履"的故事。

2. 桃葩：桃花。

3. 孔甲：姓姒，名孔甲。夏朝帝王之一。

4. 燔：燃烧。

葛由乘木羊

前周葛由，蜀羌人也。周成王[1]时，好刻木作羊卖之。一旦，乘木羊入蜀中，蜀中王侯贵人追之，上绥山[2]。绥山多桃，在峨眉山西南，高无极也。随之者不复还，皆得仙道。故里谚曰："得绥山一桃，虽不能仙，亦足以豪。"山下立祠数十处。

1. 周成王：姬诵。周武王之子，西周第二位君主。
2. 绥山：今二峨山，道教仙山之一。位于今四川峨眉山市与乐山市沙湾区交界处。

崔文子学仙

崔文子者，泰山人也。学仙于王子乔[1]。子乔化为白霓[2]，而持药与文子。文子惊怪，引戈击霓，中之，因堕其药。俯而视之，王子乔之履[3]也。置之室中，覆以敝筐。须臾，化为大鸟。开而视之，翻然飞去。

注释:

1. 王子乔：姬晋，字子乔，是东周时周灵王（姬泄心）的太子。道教最早的仙人之一。
2. 白霓：白虹。
3. 履：原作"尸"。据闻一多《楚辞校补》注改为"履"。

冠先钓鱼

冠先，宋人也。钓鱼为业，居睢（suī）水[1]旁百余年。得鱼，或放，或卖，或自食之。常冠带[2]。好种荔[3]，食其葩实焉。宋景公[4]问其道，不告，即杀之。后数十年，踞宋城门上，鼓琴，数十日乃去。宋人家家奉祠之。

注释：

1. 睢水：又名濉河，中国古代著名河流。今仅余睢县附近一支汇入惠济河。

2. 冠带：戴帽子，束腰带。

3. 荔：即薜荔，又称木莲。常绿藤本蔓生植物，果实可解暑。

4. 宋景公：宋国第二十八任君主，在位时为春秋后期。

琴高取龙子

琴高，赵人也。能鼓琴。为宋康王[1]舍人。行涓、彭[2]之术，浮游冀州、涿郡[3]间二百余年。后辞入涿水[4]中，取龙子。与诸弟子期之，曰："明日皆洁斋，候于水旁，设祠屋。"果乘赤鲤鱼出，来坐祠中。且有万人观之。留一月，乃复入水去。

注释：

1. 宋康王：战国时期宋国国君，也是宋国最后一位君主。

2. 涓、彭：指涓子、彭祖。

3. 冀州：古九州之一，汉武帝时为十三刺史部之一，辖境大致位于今河北中南部、山东西部和河南北部。

   涿郡：古郡名，汉高祖时置涿郡，直隶于汉朝廷。治所在今河北涿州。

4. 涿水：水名。源出于河北涿鹿县涿鹿山。

陶安公通天

陶安公者，六安[1]铸冶师也。数行火。火一朝散上，紫色冲天。

公伏冶²下求哀。须臾，朱雀³止冶上，曰："安公！安公！冶与天通。七月七日，迎汝以赤龙。"至时，安公骑之，从东南去。城邑数万人，豫⁴祖⁵安送之，皆辞诀。

注释：

1. 六安：郡国名。汉武帝平淮南王、衡山王叛乱后，取衡山国六县、安丰等县首字，别置衡山国为六安国，寓"六地平安，永不反叛"之意。
2. 冶：铸冶炉。
3. 朱雀：传说中的祥瑞四灵之一，其他三灵分别为青龙、白虎、玄武。
4. 豫：预先，事先。
5. 祖：祭祀路神。

焦山老君

有人入焦山¹七年，老君²与之木钻，使穿一盘石，石厚五尺，曰："此石穿，当得道。"积四十年，石穿，遂得神仙丹诀。

注释：

1. 焦山：山名。在今江苏镇江东北长江中。相传因东汉隐士焦先隐居此山而得名。
2. 老君：即太上老君。道教奉老子为道祖，称太上老君。

鲁少千应门

鲁少千者，山阳[1]人也。汉文帝[2]尝微服怀金过[3]之，欲问其道。少千拄金杖，执象牙扇，出应门。

注释：

1. 山阳：古县名，汉代置山阳县，属河南郡。位于今河南修武县境内。
2. 汉文帝：刘恒，汉高祖刘邦之子。
3. 过：拜访。

淮南八老公

淮南王安好道术，设厨宰以候宾客。正月上辛[1]，有八老公诣门求见。门吏白王，王使吏自以意难之，曰："吾王好长生，先生无驻衰之术，未敢以闻。"公知不见，乃更形为八童子，色如桃花。王便见之，盛礼设乐，以享八公。援琴而弦歌曰：

> 明明上天，照四海兮。知我好道，公来下兮。
> 公将与余，生羽毛兮。升腾青云，蹈梁甫兮。
> 观见三光[2]，遇北斗兮。驱乘风云，使玉女兮。

今所谓《淮南操》[3]是也。

注释：

1. 上辛：每月上旬辛日。
2. 三光：日、月、星。

3.《淮南操》：古琴曲名，又称《八公操》。

刘根召鬼

刘根字君安，京兆长安人也。汉成帝[1]时，入嵩山[2]学道。遇异人，授以秘诀，遂得仙，能召鬼。颍川[3]太守史祈以为妖，遣人召根，欲戮之。至府，语曰："君能使人见鬼，可使形见。不者，加戮。"根曰："甚易！借府君前笔砚书符。"因以叩几。须臾，忽见五六鬼，缚二囚于祈前。祈熟视，乃父母也。向根叩头曰："小儿无状，分当万死。"叱祈曰："汝子孙不能光荣先祖，何得罪神仙，乃累亲如此。"祈哀惊悲泣，顿首请罪。根默然忽去，不知所之。

注释：

1. 汉成帝：刘骜，西汉第十二位皇帝。

2. 嵩山：中华文明的重要发源地，五岳之中岳。

3. 颍川：古郡名，秦时置颍川郡，因颍水而得名。位于今河南禹州。

王乔飞舄

汉明帝[1]时，尚书郎河东工乔为邺[2]令。乔有神术，每月朔，尝自县诣台。帝怪其来数而不见车骑，密令太史候望之。言其临至时，辄有双凫从东南飞来。因伏伺，见凫，举罗张之，但得一双舄（xì）[3]。使尚方[4]识视，四年中所赐尚书官属履也。

注释：

1. 汉明帝：刘庄，东汉第二位皇帝。

2. 邺：古地名，位于今河北临漳西。

3. 舄：鞋子。

4. 尚方：古代为帝王制造所用器物的官署。

蓟子训长寿

蓟（jì）子训，不知所从来。东汉时，到洛阳，见公卿数十处，皆持斗酒片脯候之。曰："远来无所有，示致微意。"坐上数百人，饮啖终日不尽。去后，皆见白云起，从旦至暮。时有百岁公说："小儿时，见训卖药会稽[1]市，颜色如此。"训不乐住洛，遂遁[2]去。

正始[3]中，有人于长安东霸城，见与一老公共摩挲铜人，相谓曰："适见铸此，已近五百岁矣。"见者呼之曰："蓟先生小住。"并行应之。视若迟徐，而走马不及。

注释：

1. 会稽：古郡名，秦时置会稽郡。位于今江苏东部及浙江西部。

2. 遁：隐避，离开。

3. 正始：魏齐王曹芳年号。

汉阴生乞市

汉阴生者，长安渭桥下乞小儿也。常于市中丐[1]，市中厌苦，以粪洒之。旋复在市中乞，衣不见污如故。长吏知之，械收系，着桎梏（zhì gù）[2]，而续在市乞。又械欲杀之，乃去。洒之者家，屋室自坏，杀十数人。长安中谣言曰："见乞儿与美酒，以免破屋之咎。"

注释：

1. 丐：乞讨。
2. 桎梏：束缚手脚的镣铐。

卒常生

谷城[1]乡卒常生，不知何所人也。数死而复生。时人为不然。后大水出，所害非一，而卒辄在缺门山[2]上大呼，言："卒常生在此！"云："复雨，水五日必止。"止，则上山求祠之。但见卒衣杖革带。后数十年，复为华阴[3]市门卒。

注释：

1. 谷城：古地名。在今河南洛阳西北。
2. 缺门山：又称铁门山。在今河南洛阳新安西三十里处，有龙凤二山相对，涧水中流，故称缺门山。
3. 华阴：古县名，战国时期置华阴县，汉时属弘农郡。治所在今陕西华阴东南。

左慈显神通

左慈字元放，庐江[1]人也。少有神通。尝在曹公座，公笑顾众宾曰："今日高会，珍羞略备。所少者，吴松江[2]鲈鱼为脍。"放曰："此易得耳。"因求铜盘贮水，以竹竿饵钓于盘中。须臾，引一鲈鱼出。公大拊掌，会者皆惊。公曰："一鱼不周坐客，得两为佳。"放乃复饵钓之。须臾，引出，皆三尺余，生鲜可爱。公便自前脍之，周赐座席。

公曰："今既得鲈，恨无蜀中生姜耳。"放曰："亦可得也。"公恐其近道买，因曰："吾昔使人至蜀买锦，可敕人告吾使，使增市二端[3]。"人去，须臾还，得生姜。又云："于锦肆下见公使，已敕增市二端。"后经岁余，公使还，果增二端。问之，云："昔某月某日，见人于肆下，以公敕敕之。"

后公出近郊，士人从者百数，放乃赍（jī）[4]酒一罂（yíng），脯一片，手自倾罂，行酒百官，百官莫不醉饱。公怪，使寻其故。行视沽酒家，昨悉亡其酒脯矣。公怒，阴欲杀放。放在公座，将收之，却入壁中，霍然不见。乃募取之。

或见于市，欲捕之，而市人皆放同形，莫知谁是。后人遇放于阳城山头，因复逐之。遂走入羊群。公知不可得，乃令就羊中告之，曰："曹公不复相杀，本试君术耳。今既验，但欲与相见。"忽有一老羝（dī）[5]，屈前两膝，人立而言曰："遽（jù）[6]如许。"人即云："此羊是。"竞往赴之。而群羊数百，皆变为羝，并屈前膝，人立，云："遽如许。"于是遂莫知所取焉。

老子曰："吾之所以为大患者，以吾有身也；及吾无身，吾有何患哉。"若老子之俦（chóu）[7]，可谓能无身矣，岂不远哉也。

注释：

1.庐江：古郡名，汉时置庐江郡。故城在今安徽庐江西十千米。

2. 吴松江：即吴淞江，又称苏州河。

3. 端：古代计量布帛的长度单位。一端约二丈。

4. 赍：持，带。

5. 羝：公羊。

6. 遽：惧怕，恐惧。

7. 侪：同类，辈。

于吉请雨

孙策[1]欲渡江袭许[2]，与于吉俱行。时大旱，所在熇（xiāo）厉[3]，策催诸将士，使速引船。或身自早出督切，见将吏多在吉许。策因此激怒，言："我为不如吉耶？而先趋附之。"便使收吉至，呵问之曰："天旱不雨，道路艰涩，不时得过。故自早出，而卿不同忧戚，安坐船中，作鬼物态，败吾部伍。今当相除。"令人缚置地上，暴（pù）[4]之，使请雨。若能感天，日中雨者，当原赦；不尔，行诛。俄而云气上蒸，肤寸而合。比至日中，大雨总至，溪涧盈溢。将士喜悦，以为吉必见原，并往庆慰。策遂杀之。将士哀惜，藏其尸。天夜，忽更兴云覆之。明旦往视，不知所在。

策既杀吉，每独坐，仿佛[5]见吉在左右。意深恶之，颇有失常。后治疮方差（chài）[6]，而引镜自照，见吉在镜中，顾而弗见。如是再三。扑镜大叫，疮皆崩裂，须臾而死。吉，琅琊人，道士。

注释：

1. 孙策：三国东吴政权创立者，孙权长兄。

2. 许：许昌。

3. 熇厉：炎热。

4. 暴：曝晒。

5. 仿佛：大致相同。

6. 差：同"瘥"，痊愈。

介琰隐形

介琰者，不知何许人也。住建安[1]方山，从其师白羊公杜[2]受玄一无为之道。能变化隐形。

尝往来东海[3]，暂过秣陵[4]，与吴主相闻。吴主留琰，乃为琰架宫庙，一日之中，数遣人往问起居。琰或为童子，或为老翁，无所食啖，不受饷遗。吴主欲学其术，琰以吴主多内御[5]，积月不教。吴主怒，敕缚琰，着甲士引弩射之。弩发，而绳缚犹存，不知琰之所之。

注释：

1. 建安：古郡名。郡治在今福建建瓯。

2. 白羊公杜：传说中的道士名，因常乘白羊，而称白羊公。

3. 东海：古郡名，秦置东海郡。治所在今山东郯城北。

4. 秣陵：古县名，秦置秣陵县。在今江苏南京。

5. 内御：妃嫔。

徐光种瓜

吴时有徐光者，尝行术于市里。从人乞瓜，其主勿与，便从索瓣[1]，杖地种之。俄而瓜生，蔓延，生花，成实，乃取食之，因赐观者。鬻（yù）[2]者反视所出卖，皆亡耗矣。

凡言水旱甚验。过大将军孙綝（chēn）[3]门，褰（qiān）[4]衣而趋，左右唾践。或问其故，答曰："流血臭腥不可耐。"綝闻恶而杀之。斩其首，无血。及綝废幼帝，更立景帝[5]，将拜陵，上车，有大风荡綝车，车为之倾。见光在松树上拊手指挥，嗤笑之。綝问侍从，皆无见者。俄而景帝诛綝。

注释：

1. 瓣：瓜子。

2. 鬻：卖。

3. 孙綝：字子通，东吴贵戚，把持朝政，后为景帝诛杀。

4. 褰：用手提起。

5. 景帝：孙权第六子孙休。

葛玄使法术

葛玄字孝先，从左元放受《九丹液仙经》[1]。与客对食，言及变化之事，客曰："事毕，先生作一事特戏者。"玄曰："君得无即欲有所见乎？"乃噀口中饭，尽变大蜂数百，皆集客身，亦不螫（shì）[2]人。久之，玄乃张口，蜂皆飞入，玄嚼食之，是故饭也。

又指虾蟆及诸行虫燕雀之属，使舞，应节如人。冬为客设生瓜枣，夏致冰雪。又以数十钱使人散投井中，玄以一器于井上呼之，钱一一飞从井出。为客设酒，无人传杯，杯自至前，如或不尽，杯不去也。

尝与吴主坐楼上，见作请雨土人，帝曰："百姓思雨，宁可得乎？"玄曰："雨易得耳！"乃书符着社中，顷刻间，天地晦冥，大雨流淹。帝曰："水中有鱼乎？"玄复书符掷水中，须臾，有大鱼数百头。使人治之。

注释：

1.《九丹液仙经》：相传为道家炼金丹的秘籍。

2. 螫：毒虫或者毒蛇蜇人、咬人。

吴猛止风

吴猛，濮阳[1]人。仕吴，为西安[2]令，因家分宁[3]。性至孝。遇至人丁义，授以神方；又得秘法神符，道术大行。尝见大风，书符掷屋上，有青鸟衔去，风即止。或问其故，曰："南湖有舟，遇此风，道士求救。"验之果然。

武宁令干庆死，已三日，猛曰："数未尽，当诉之于天。"遂卧尸旁，数日，与令俱起。

后将弟子回豫章[4]，江水大急，人不得渡。猛乃以手中白羽扇画江水，横流，遂成陆路，徐行而过。过讫，水复。观者骇异。

尝守浔阳[5]，参军周家有狂风暴起，猛即书符掷屋上，须臾风静。

注释：

1. 濮阳：古郡国名，晋代置濮阳国，后改为濮阳郡。故城在今河南濮阳西南。

2. 西安：古县名，三国时吴国置西安县。县治在今江西武宁西。

3. 分宁：古地名。在今江西修水。

4. 豫章：古郡名，汉代置豫章郡。郡治在今江西南昌。

5. 浔阳：古县名，汉代置浔阳县。县治在今江西九江。

园客养蚕

园客者，济阴[1]人也。貌美，邑人多欲妻之，客终不娶。尝种五色香草，积数十年，服食其实。忽有五色神蛾，止香草之上，客收而荐[2]之以布，生桑蚕焉。至蚕时，有神女夜至，助客养蚕，亦以香草食蚕。得茧百二十头，大如瓮，每一茧缲（sāo）[3]六七日乃尽。缲讫，女与客俱仙去，莫知所如。

注释：

1. 济阴：古郡名，汉代置济阴郡。郡治在今山东定陶。
2. 荐：铺陈。
3. 缲：剥茧抽丝。

董永与织女

汉董永，千乘[1]人。少偏孤[2]，与父居。肆力田亩，鹿车[3]载自随。父亡，无以葬，乃自卖为奴，以供丧事。主人知其贤，与钱一万，遣之。永行三年丧毕，欲还主人，供其奴职。道逢一妇人曰："愿为子妻。"遂与之俱。

主人谓永曰："以钱与君矣。"永曰："蒙君之惠，父丧收藏，永虽小人，必欲服勤致力，以报厚德。"主曰："妇人何能？"永曰："能织。"主曰："必尔者，但令君妇为我织缣（jiān）[4]百匹。"于是永妻为主人家织，十日而毕。女出门，谓永曰："我，天之织女也。缘君至孝，天帝令我助君偿债耳。"语毕，凌空而去，不知所在。

注释：

1. 千乘：古地名。在今山东博兴、高青一带。

2. 偏孤：早年丧父或丧母。

3. 鹿车：古代一种窄小的车子，因车身狭窄仅能装下一只鹿而名鹿车。

4. 缣：双丝织的浅黄色细绢。

钩弋夫人

初，钩弋（yì）夫人[1]有罪，以谴死。既殡，尸不臭，而香闻十余里。因葬云陵[2]。上哀悼之，又疑其非常人，乃发冢开视，棺空无尸，惟双履存。一云。昭帝即位，改葬之，棺空无尸，独丝履存焉。

注释：

1. 钩弋夫人：汉武帝宠妃赵婕妤，汉昭帝之母。因住钩弋宫，而称钩弋夫人。

2. 云陵：钩弋夫人陵，因葬云阳而称云陵。在今陕西淳化北。

杜兰香与张传

汉时有杜兰香者，自称南康人氏。以建业四年春，数诣张传。传年十七，望见其车在门外，婢通言："阿母所生，遣授配君，可不敬从？"传，先改名硕，硕呼女前，视，可十六七，说事邈然久远。有婢子二人：大者萱支，小者松支。钿车[1]青牛，上饮食皆备。作诗曰：

阿母处灵岳，时游云霄际。
众女侍羽仪，不出墉宫[2]外。
飘轮送我来，岂复耻尘秽。
从我与福俱，嫌我与祸会。

至其年八月旦，复来，作诗日：

逍遥云汉间，呼吸发九嶷（yí）[3]。
流汝不稽路，弱水[4]何不之。

出薯蓣（yù）[5]子三枚，大如鸡子，云："食此，令君不畏风波，辟寒温。"硕食二枚，欲留一，不肯，令硕食尽。言："本为君作妻，情无旷远，以年命未合，其小乖。太岁东方卯，当还求君。"兰香降时，硕问祷祀何如。香日："消魔自可愈疾，淫祀无益。"香以药为消魔。

注释：

1. 钿车：镶嵌着金玉宝石的车子。

2. 墉宫：即墉城，相传为西王母居所。

3. 九嶷：山名，相传舜葬于此处。在今湖南宁远南。

4. 弱水：古水名。相传弱水环绕昆仑仙境。弱水不能载舟，只有得道之人才能过去。

5. 薯蓣：山药。

弦超与神女

魏济北郡从事掾弦超，字义起。以嘉平中夜独宿，梦有神女来从之。自称天上玉女，东郡[1]人，姓成公，字知琼，早失父母，天帝哀其孤苦，遣令下嫁从夫。超当其梦也，精爽感悟，嘉其美异，非常人之容，觉寤钦想，若存若亡，如此三四夕。

一旦，显然来游，驾辎軿（zī píng）[2]车，从八婢，服绫罗绮绣之衣，姿颜容体，状若飞仙。自言年七十，视之如十五六女。车上有壶、榼（kē）[3]、青白琉璃五具，食啖奇异，馔具醴酒，与超共饮食。谓超曰："我，天上玉女，见遣下嫁，故来从君，不谓君德。宿时感运，宜为夫妇。不能有益，亦不能为损。然往来常可得驾轻车，乘肥马，饮食常可得远味异膳，缯素常可得充用不乏。然我神人，不为君生子，亦无妒忌之性，不害君婚姻之义。"遂为夫妇。赠诗一篇，其文曰：

> 飘飖（yáo）[4]浮勃逢，敖曹[5]云石滋。
> 芝英不须润，至德与时期。
> 神仙岂虚感，应运来相之。
> 纳我荣五族，逆我致祸菑（zāi）[6]。

此其诗之大较，其文二百余言，不能尽录。兼注《易》[7]七卷，有卦有象，以象为属。故其文言既有义理，又可以占吉凶，犹扬子[8]之《太玄》、薛氏之《中经》[9]也。超皆能通其旨意，用之占候。

作夫妇经七八年，父母为超娶妇之后，分日而燕，分夕而寝，夜来晨去，倏忽若飞，唯超见之，他人不见。虽居暗室，辄闻人声，常见踪迹，然不睹其形。后人怪问，漏泄其事。玉女遂求去，云："我，神人也。虽与君交，不愿人知。而君性疏漏，我今本末已露，不复与君通接。积年交结，恩义不轻，一旦分别，岂不怆恨？势不得不尔，各自努力！"又呼侍御下酒饮啖，发篚（山）¹⁰，取织成裙衫两副遗超。又赠诗一首，把臂告辞，涕泣流离，肃然升车，去若飞迅。超忧感积日，殆至委顿。

去后五年，超奉郡使至洛，到济北鱼山下陌上。西行，遥望曲道头有一马车，似知琼。驱驰至前，果是也。遂披帷相见，悲喜交切。控左援绥，同乘至洛。遂为室家，克复旧好。至太康中，犹在。但不日日往来，每于三月三日、五月五日、七月七日、九月九日、且、十五日辄下，往来经宿而去。张茂先¹¹为之作《神女赋》。

注释：

1. 东郡：古郡名，秦时置东郡。郡治在今河南北部与山东西部部分地区。

2. 辎軿：泛指有帷幕的车子。

3. 榼：盛酒、盛水的容器。

4. 飖飖：随风飘动。

5. 敖曹：形容乐声嘈杂。

6. 祸酱："酱"同"灾"，灾祸。

7.《易》：《易经》，阐述天地万象变化的古老经典。包括《连山》《归藏》《周易》三部易书，其中《连山》和《归藏》已经失传，现存于世的只有《周易》。

8. 扬子：即扬雄，汉代著名辞赋家、经学家。有《法言》《太玄》《方言》等传世。

9. 薛氏之《中经》：未详，或已散失。

10. 篚：竹编容器。

11 张茂先：即张华，字茂先，晋代文学家，著有《博物志》等。

· 卷二

寿光侯劾鬼

寿光侯者，汉章帝[1]时人也。能劾百鬼众魅，令自缚见形。其乡人有妇为魅所病，侯为劾之，得大蛇数丈，死于门外，妇因以安。

又有大树，树有精，人止其下者死，鸟过之亦坠。侯劾之，树盛夏枯落，有大蛇，长七八丈，悬死树间。

章帝闻之，征问，对曰："有之。"帝曰："殿下有怪，夜半后，常有数人，绛衣，披发，持火相随。岂能劾之？"侯曰："此小怪，易消耳。"帝伪使三人为之。侯乃设法，三人登时仆地，无气。帝惊曰："非魅也，朕相试耳。"即使解之。

或云："汉武帝时，殿下有怪常见，朱衣，披发，相随，持烛而走。帝谓刘凭[2]曰：'卿可除此否？'凭曰：'可。'乃以青符掷之，见数鬼倾地。帝惊曰：'以相试耳。'解之而苏。"

注释：

1. 汉章帝：刘炟。东汉第三位皇帝。
2. 刘凭：葛洪《神仙传》中载"刘凭者，沛人也，有军功，封寿光金乡侯"。

樊英灭火

樊英[1]隐于壶山[2]。尝有暴风从西南起，英谓学者曰："成都市火甚盛。"因含水嗽之。乃命计其时日。后有从蜀来者，云："是日大火，有云从东起，须臾大雨，火遂灭。"

注释：

1. 樊英：字季齐，东汉鲁阳（今河南鲁山）人。
2. 壶山：山名，因山形如壶而得名。在今河南鲁山以南。

徐登与赵昞

闽中[1]有徐登者，女子化为丈夫，与东阳[2]赵昞（bǐng），并善方术。时遭兵乱，相遇于溪，各矜其所能。登先禁[3]溪水为不流，昞次禁杨柳为生稊（tí）[4]。二人相视而笑。登年长，昞师事之。后登身故，昞东入章安[5]，百姓未知，昞乃升茅屋，据鼎而爨（cuàn）[6]。主人惊怪，昞笑而不应，屋亦不损。

注释：

1. 闽中：古郡名，秦代置闽中郡。治所在今福建福州。
2. 东阳：古郡名，三国东吴置东阳郡。郡治在今浙江金华。
3. 禁：施咒术。
4. 稊：植物发芽。
5. 章安：古县名，故城在今浙江台州市椒江区章安街道。
6. 爨：生火做饭。

临水求渡

赵昞尝临水求渡，船人不许。昞乃张帷盖[1]，坐其中，长啸呼风，乱流而济[2]。于是百姓敬服，从者如归。章安令恶其惑众，收杀之。民为立祠于永康[3]，至今蚊蚋不能入。

注释：

1. 帷盖：车子的帷幕和顶盖。

2. 乱流而济：横水渡河。

3. 永康：地名，在今浙江金华东南。

徐赵清俭

徐登、赵昞，贵尚清俭，祀神以东流水，削桑皮以为脯。

东海君

陈节访诸神，东海君[1]以织成青襦[2]一领[3]遗之。

注释：

1. 东海君：东海神。汉代纬书《龙鱼河图》记载东海君为冯修；《唐开元占经》记载东海君为句芒。

2. 青襦：青色短袄。

3. 领：用来形容衣服、铠甲等的量词。

边洪发狂

宣城[1]边洪，为广阳[2]领校[3]，母丧归家。韩友[4]往投之，时日已暮，出告从者："速装束，吾当夜去。"从者曰："今日已暝（míng）[5]，数十里草行，何急复去？"友曰："此间血覆地，宁可复住。"苦留之，不得。其夜，洪欻（xū）[6]发狂，绞杀两子，并杀妇。又斫（zhuó）[7]父婢二人，皆被创。因走亡，数日，乃于宅前林中得之，已自经[8]死。

注释：

1. 宣城：古郡名，郡治在今安徽宣城。

2. 广阳：古郡国名，在今北京。

3. 领校：郡内军事长官。

4. 韩友：字景先，晋庐江舒（今安徽庐江西南）人。善占卜，能图宅相冢。

5. 暝：日暮。

6. 欻：忽然。

7. 斫：用刀斧砍。

8. 自经：上吊自尽。

鞠道龙说黄公事

鞠道龙善为幻术[1]。尝云："东海人黄公，善为幻，制蛇，御虎。常佩赤金刀。及衰老，饮酒过度。秦末，有白虎见于东海，诏遣黄公以赤刀往厌[2]之；术既不行，遂为虎所杀。"

注释：

1. 幻术：方士、术士迷惑人的法术。
2. 厌：厌胜之术。用法术、诅咒或祈祷禳除灾祸的方法。

谢纠食客

谢纠尝食客，以朱书符投井中，有一双鲤鱼跳出，即命作脍。一坐皆得遍。

天竺法术

晋永嘉中，有天竺[1]胡人来渡江南[2]。其人有数术：能断舌复续、吐火。所在人士聚观。将断时，先以舌吐示宾客，然后刀截，血流覆地，乃取置器中，传以示人。视之，舌头半舌犹在。既而还取含续之。坐有顷，坐人见舌则如故，不知其实断否。

其续断，取绢布，与人合执一头，对剪中断之。已而取两断合，视绢布还连续，无异故体。时人多疑以为幻，阴乃试之，真断绢也。

其吐火，先有药在器中，取火一片，与黍糖[3]合之，再三吹呼，已而张口，火满口中，因就爇（ruò）[4]取以炊，则火也。又取书纸及绳缕之属投火中，众共视之，见其烧爇了尽；乃拨灰中，举而出之，故向物也。

注释：

1. 天竺：印度。

2. 江南：南北朝时期，称南朝及其统治地区为江南。

3. 黍糖：黍米制成的糖。

4. 爇：火。

扶南王

扶南[1]王范寻养虎于山，有犯罪者，投与虎，不噬（shì）[2]，乃宥（yòu）[3]之。故山名大虫，亦名大灵。又养鳄鱼十头，若犯罪者，投与鳄鱼，不噬，乃赦之，无罪者皆不噬。故有鳄鱼池。又尝煮水令沸，以金指环投汤中，然后以手探汤：其直者，手不烂，有罪者，入汤即焦。

注释：

1. 扶南：中南半岛上的古国，辖地约当今柬埔寨大部分地区以及老挝南部、越南部分地区。

2. 噬：咬。

3. 宥：宽恕，赦免。

贾佩兰说宫内事

戚夫人[1]侍儿贾佩兰，后出为扶风[2]人段儒妻，说："在宫内时，尝以弦管歌舞相欢娱，竞为妖服以趋良时。

"十月十五日，共入灵女庙，以豚黍乐神，吹笛，击筑[3]，歌《上灵之曲》。既而相与连臂，踏地为节，歌《赤凤皇来》，乃巫俗也。

　　"至七月七日，临百子池，作于阗（tián）⁴乐，乐毕，以五色缕相羁，谓之'相连绥'。

　　"八月四日，出雕房⁵北户，竹下围棋。胜者，终年有福；负者，终年疾病。取丝缕，就北辰星求长命，乃免。

　　"九月，佩茱萸，食蓬饵，饮菊花酒，令人长命。菊花舒时，并采茎叶，杂黍米酿（náng）之，至来年九月九日始熟，就饮焉，故谓之'菊花酒'。

　　"正月上辰，出池边盥濯（guàn zhuó）⁶，食蓬饵，以祓（fú）⁷妖邪。

　　"三月上巳，张乐于流水。如此终岁焉。"

注释：

1. 戚夫人：汉高祖刘邦宠妃。

2. 扶风：古县名。汉时为京官右扶风的辖地，唐时引为县名，沿用至今。

3. 筑：古代一种弦乐器。形似筝，细颈圆肩，弦下设柱。

4. 于阗：古西域国名，在今新疆和田一带。

5. 雕房：指闺房。

6. 盥濯：洗涤。

7. 祓：古代为祛除灾祸举行的祭祀。

李夫人

　　汉武帝时，幸李夫人¹，夫人卒后，帝思念不已。方士齐人李少翁，言能致其神。乃夜施帷帐，明灯烛，而令帝居他帐遥望之。见美女居帐中，如李夫人之状，还幄坐而步，又不得就视。帝愈益悲感，为作诗曰："是耶？非耶？立而望之，偏²娜娜³，何冉冉其来迟！"令乐府⁴诸音家弦歌之。

注释：

1. 李夫人：李延年之妹，美貌善舞。李延年赞曰："北方有佳人，绝世而独立。一顾倾人城，再顾倾人国。"
2. 偏：同"翩"，翩然。
3. 娜娜：柔美纤弱的样子。
4. 乐府：古代朝廷司乐机构。

营陵道人

汉北海¹营陵有道人，能令人与已死人相见。其同郡人妇死已数年，闻而往见之，曰："愿令我一见亡妇，死不恨矣。"道人曰："卿可往见之。若闻鼓声，即出勿留。"乃语其相见之术。俄而得见之。于是与妇言语，悲喜恩情如生。良久，闻鼓声恨恨（liàng）²，不能得住。当出户时，忽掩其衣裾户间，掣（chè）³绝而去。至后岁余，此人身亡。家葬之，开冢，见妇棺盖下有衣裾。

注释：

1. 北海：古郡名，汉代置北海郡。郡治在今山东乐昌。
2. 恨恨：拟声词。
3. 掣：拽，牵拉。

白头鹅试觋

吴孙休[1]有疾，求觋（xí）[2]视者，得一人，欲试之。乃杀鹅而埋于苑中，架小屋，施床几，以妇人屐履服物着其上。使觋视之，告曰："若能说此冢中鬼妇人形状者，当加厚赏，而即信矣。"竟日无言。帝推问之急，乃曰："实不见有鬼，但见一白头鹅立墓上，所以不即白之，疑是鬼神变化作此相，当候其真形而定。不复移易，不知何故，敢以实上。"

注释：

1. 孙休：吴景帝孙休，孙权第六子。

2. 觋：男巫。

朱主墓

吴孙峻[1]杀朱主[2]，埋于石子冈[3]。归命[4]即位，将欲改葬之，冢墓相亚[5]，不可识别，而宫人颇识主亡时所着衣服。乃使两巫各住一处，以伺其灵。使察战[6]监之，不得相近。久时，二人俱白见一女人，年可三十余，上着青锦束头，紫白夹（jiá）[7]裳，丹绨（tí）[8]丝履，从石子冈上，半冈而以手抑膝长太息，小住须臾，更进一冢上，便止，徘徊良久，奄然不见。二人之言，不谋而合。于是开冢，衣服如之。

注释：

1. 孙峻：三国时期吴国大将军，封富春侯。

2. 朱主：孙权之女，鲁育公主，左将军朱据之妻。

3. 石子冈：地名。在今江苏南京。

4. 归命：吴末帝孙皓。后降晋称臣，封归命侯。

5. 亚：并排。

6. 察战：三国时吴国所设监察吏民的官职。

7. 夹：夹衣。

8. 绨：厚实平滑且有光泽的丝织物。

卷三

夏侯弘见鬼

　　夏侯弘自云见鬼，与其言语。镇西谢尚[1]所乘马忽死，忧恼甚至。谢曰："卿若能令此马生者，卿真为见鬼也。"弘去良久，还曰："庙神乐君马，故取之。今当活。"尚对死马坐，须臾，马忽自门外走还，至马尸间，便灭，应时能动，起行。谢曰："我无嗣，是我一身之罚。"弘经时无所告。曰："顷所见，小鬼耳，必不能辨此源由。"

　　后忽逢一鬼，乘新车，从十许人，着青丝布袍。弘前提牛鼻，车中人谓弘曰："何以见阻？"弘曰："欲有所问。镇西将军谢尚无儿。此君风流令望，不可使之绝祀。"车中人动容曰："君所道正是仆儿。年少时，与家中婢通，誓约不再婚，而违约。今此婢死，在天诉之，是故无儿。"弘具以告。谢曰："吾少时诚有此事。"

　　弘于江陵，见一大鬼，提矛戟，有随从小鬼数人。弘畏惧，下路避之。大鬼过后，捉得一小鬼，问："此何物？"曰："杀人以此矛戟，若中心腹者，无不辄死。"弘曰："治此病有方否？"鬼曰："以乌鸡薄[2]之，即差。"弘曰："今欲何行？"鬼曰："当至荆、扬二州。"尔时比日行心腹病，无有不死者，弘乃教人杀乌鸡以薄之，十不失八九。今治中恶[3]辄用乌鸡薄之者，弘之由也。

注释：

1. 谢尚：字仁祖，东晋阳下（今河南太康）人，曾任镇西将军等职。
2. 薄：通"敷"，涂抹。

3. 中恶：俗称中邪，因犯不正邪气而引起的暴病。

钟离意修孔庙

汉永平中，会稽钟离意，字子阿，为鲁相。到官，出私钱万三千文，付户曹[1]孔诉，修夫子[2]车。身入庙，拭几席剑履。男子张伯除堂下草，土中得玉璧七枚，伯怀其一，以六枚白意。意令主簿安置几前，孔子教授堂下床首有悬瓮，意召孔诉问："此何瓮也？"对曰："夫子瓮也。背有丹书[3]，人莫敢发也。"意曰："夫子，圣人。所以遗瓮，欲以悬示后贤。"因发之，中得素书，文曰："后世修吾书，董仲舒[4]；护吾车，拭吾履，发吾笥（sì）[5]，会稽钟离意。璧有七，张伯藏其一。"意即召问："璧有七，何藏一耶？"伯叩头出之。

注释：

1. 户曹：掌管民户、祭祀、农桑的官署。

2. 夫子：即孔夫子，对孔子的尊称。

3. 丹书：一种用朱笔写的文字。

4. 董仲舒：汉代著名思想家、政治家。提出了"罢黜百家，独尊儒术"的思想。

5. 笥：指悬瓮。古代盛衣物或饭食的方形竹器。

段翳封简书

段翳字元章，广汉新都[1]人也。习《易经》，明风角[2]。有一生来学，积年，自谓略究要术³，辞归乡里。翳为合膏药，并以简书封于筒中，告生曰："有急，发视之。"生到葭萌⁴，与吏争度。津吏挝（zhuā）⁵破从者头。生开筒得书，言："到葭萌，与吏斗，头破者，以此膏裹之。"生用其言，创者即愈。

注释：

1. 广汉新都：广汉郡新都县。在今四川广汉。

2. 风角：古代占卜术，以五音占四方之风而定吉凶。

3. 要术：指方术、学术方面的要诀。

4. 葭萌：古苴侯国，汉置葭萌县。在今四川昭化东南。

5. 挝：敲打。

臧仲英遇怪

右扶风¹臧仲英，为侍御史²。家人作食，设案，有不清尘土投污之。炊临熟，不知釜处。兵弩自行。火从箧簏（qiè lù）³中起，衣物尽烧，而箧簏故完。妇女婢使，一旦尽失其镜；数日，从堂下掷庭中，有人声言："还汝镜。"女孙年三四岁，亡之，求，不知处。两三日，乃于圊⁴中粪下啼。若此非一。

汝南许季山者，素善卜卦，卜之，曰："家当有老青狗物，内中侍御者名益喜，与共为之。诚欲绝，杀此狗，遣益喜归乡里。"仲英从之，怪遂绝。后徙为太尉长史⁵，迁鲁相。

注释：

1. 右扶风：官职名，主管拱卫首都长安。

2. 侍御史：官职名，主管弹劾、监察等职。

3. 篋籯：竹箱。

4. 圊：厕所。

5. 太尉长史：官职名，太尉的属官。

乔玄见白光

太尉[1]乔玄，字公祖，梁国人也。初为司徒长史[2]，五月末，于中门卧，夜半后，见东壁正白，如开门明。呼问左右，左右莫见。因起自往手扪摸之，壁自如故。还床，复见。心大怖恐。

其友应劭[3]，适往候之，语次相告。劭曰："乡人有董彦兴者，即许季山外孙也。其探赜（zé）[4]索隐，穷神知化，虽睢（suī）孟[5]、京房[6]，无以过也。然天性褊（biǎn）狭[7]，羞于卜筮者。"间来候师王叔茂[8]，谓往迎之。须臾，便与俱来。

公祖虚礼盛馔，下席行觞。彦兴自陈："下土诸生，无他异分。币重言甘，诚有踧踖（cù jí）[9]。颇能别者，愿得从事。"公祖辞让再三，尔乃听之，曰："府君当有怪，白光如门明者，然不为害也。六月上旬，鸡鸣时，闻南家哭，即吉。到秋节，迁北行，郡以金为名。位至将军三公。"公祖曰："怪异如此，救族不暇，何能致望于所不图？此相饶耳。"

至六月九日未明，太尉杨秉暴薨。七月七日，拜钜鹿太守。"钜"边有"金"。后为度辽将军，历登三事。

注释：

1. 太尉：官职名，掌管军事，与丞相、御史大夫并称三公。

2. 司徒长史：官职名，司徒的属官。

3. 应劭：字仲远，东汉学者，著有《风俗通义》。

4. 探赜：探索幽深隐秘之事。

5. 眭孟：名弘，西汉学者。

6. 京房：字君明，西汉易学家，创京氏易学。

7. 褊狭：指心胸、气量、见识等狭隘。

8. 王叔茂：名畅，王粲祖父。

9. 踧踖：形容恭敬而不安的样子。

管辂论怪

　　管辂[1]，字公明，平原[2]人也。善《易》卜。安平太守东莱王基，字伯舆，家数有怪，使辂筮之。卦成，辂曰："君之卦，当有贱妇人，生一男，堕地便走，入灶中死。又，床上当有一大蛇，衔笔，大小共视，须臾便去。又，乌来入室中，与燕共斗，燕死，乌去。有此三卦。"

　　基大惊曰："精义之致，乃至于此，幸为占其吉凶。"辂曰："非有他祸，直[3]官舍久远，魑魅（chī mèi）罔两[4]，共为怪耳。儿生便走，非能自走，直宋无忌[5]之妖将其入灶也。大蛇衔笔者，直老书佐[6]耳。乌与燕斗者，直老铃下耳。夫神明之正，非妖能害也。万物之变，非道所止也。久远之浮精，必能之定数也。今卦中见象，而不见其凶，故知假托之数，非妖咎之征，自无所忧也。昔高宗之鼎，非雉所雊（gòu）[7]；太戊之阶，非桑所生[8]。然而野鸟一雏，武丁为高宗；桑谷暂生，太戊以兴焉。知三事不为吉祥，愿府君安身养德，从容光大，勿以神奸污累天真。"后卒无他。迁安南督军。

　　后辂乡里刘原问辂："君往者为干府君论怪云：'老书佐为蛇，老铃下为乌。'此本皆人，何化之微贱乎？为见于爻象，出君意乎？"辂言："苟非性与天道，何由背爻象而任心胸者乎？夫万物之化，无有常形；人之变异，无有定休。或大为小，或小为大，固无优劣。万物之化，一例之道也。是以夏鲧（Gǔn）[9]，天子之父，赵王如意[10]，汉高之子，而鲧为黄能[11]，意为苍狗，斯亦至尊之位，而为黔喙[12]之类也。况蛇者协辰巳之位，乌者栖太阳之精，此乃腾黑[13]之明象，白日之流景[14]。如书佐、铃下，各以微躯，化为蛇乌，不亦过乎？"

注释：

1. 管辂：字公明，三国时期魏国人。精通《周易》，善卜筮。

2. 平原：古郡名，郡治在今山东益都西北。

3. 直：通"只"。

4. 魑魅罔两：即魑魅魍魉，指害人的鬼怪妖邪。

5. 宋无忌：一说火仙，一说灶神。

6. 书佐：负责文书的佐吏。

7. 高宗之鼎，非雉所雊：殷高宗武丁祭祀先祖成汤时，有野鸟落在祭祀的鼎上鸣叫，高宗感到害怕，贤臣祖己进言劝高宗修政行德，最终使殷道复兴，史称"武丁中兴"。

8. 太戊之阶，非桑所生：殷中宗太戊之时，有桑谷共生于朝，太戊恐惧，伊陟进言劝太戊修善政，而后桑谷死，太戊兴旺。

9. 鲧：夏禹的父亲，因治水无功被杀。

10. 如意：汉高祖刘邦之子，封赵王。

11. 能：传说中的一种野兽，《述异记》载："陆居曰熊，水居曰能。"

12. 黔喙：黑嘴。借指牲畜野兽类。

13. 腾黑：黑暗。

14. 流景：光彩闪耀。

颜超增寿

管辂至平原，见颜超貌主[1]夭亡[2]。颜父乃求辂延命。辂曰：
"子归，觅清酒一榼，鹿脯一斤，卯日，刈（yì）麦地南大桑树下，
有二人围棋次。但酌酒置脯，饮尽更斟，以尽为度。若问汝，汝但拜
之，勿言。必合有人救汝。"

颜依言而往，果见二人围棋。颜置脯，斟酒于前。其人贪戏，但
饮酒食脯，不顾。数巡，北边坐者忽见颜在，叱曰："何故在此？"
颜唯拜之。南面坐者语曰："适来饮他酒脯，宁无情乎？"北坐者
曰："文书已定。"南坐者曰："借文书看之。"见超寿止可十九
岁，乃取笔挑上，语曰："救汝至九十年活。"颜拜而回。

管语颜曰："大助子，且喜得增寿。北边坐人是北斗[3]，南边坐
人是南斗[4]。南斗注生，北斗注死。凡人受胎，皆从南斗过北斗；所
有祈求，皆向北斗。"

注释：

1. 主：预兆、预示。

2. 夭亡：未成年而死。

3. 北斗：北斗星君，又称斗斋星神。中国民间信仰神仙之一。

4. 南斗：南斗星君，道教神名。南斗即二十八宿中之斗宿，也就是北方玄武
   七宿之第一宿，因与北斗相对，故称南斗。

信都令女眷

信都[1]令家妇女惊恐，更互疾病，使辂筮之。辂曰："君北堂西
头有两死男子：一男持矛，一男持弓箭。头在壁内，脚在壁外。持矛

者主刺头，故头重痛不得举也；持弓箭者主射胸腹，故心中悬痛不得饮食也。昼则浮游，夜来病人，故使惊恐也。"于是掘其室中，入地八尺，果得二棺：一棺中有矛，一棺中有角弓及箭，箭久远，木皆消烂，但有铁及角完耳。乃徙骸骨去城二十里埋之，无复疾病。

注释：
1. 信都：古县名，汉时置信都县。在今河北冀州。

管辂筮郭恩

利漕[1]民郭恩，字义博，兄弟三人，皆得躄（bì）[2]疾。使辂筮其所由。辂曰："卦中有君本墓，墓中有女鬼，非君伯母，当叔母也。昔饥荒之世，当有利其数升米者，排着井中，啧啧有声，推一大石下，破其头，孤魂冤痛，自诉于天耳。"

注释：
1. 利漕：运河名。曹操筑。
2. 躄：通"躃"，瘸腿。

淳于智杀鼠

淳于智字叔平，济北[1]卢[2]人也。性深沉，有思义。少为书生，能《易》筮，善厌胜之术。高平刘柔，夜卧，鼠啮其左手中指，意甚恶之。以问智。智为筮之，曰："鼠本欲杀君而不能，当为使其反死。"乃以朱书手腕横文后三寸，为田字，可方一寸二分，使夜露手以卧。有大鼠伏死于前。

注释：
1. 济北：古郡名，郡治在今山东长清东。
2. 卢：古县名，县治在今山东长清西南。

淳于智卜居

上党[1]鲍瑗，家多丧病，贫苦，淳于智卜之，曰："君居宅不利，故令君困尔。君舍东北有大桑树。君径至市，入门数十步，当有一人卖新鞭者，便就买还，以悬此树。三年，当暴得财。"瑗承言诣市，果得马鞭悬之。三年，浚[2]井，得钱数十万，铜铁器复二万余，于是业用既展，病者亦无恙。

注释：
1. 上党：古郡名，在今山西长治、晋城一带。
2. 浚：疏浚，疏通水道。

淳于智卜祸

谯[1]人夏侯藻，母病困，将诣智卜，忽有一狐当门向之嗥[2]叫。藻大愕惧，遂驰诣智。智曰："其祸甚急。君速归，在狐嗥处，拊（fǔ）心[3]啼哭，令家人惊怪，大小毕出，一人不出，啼哭勿休。然其祸仅可免也。"藻还，如其言，母亦扶病而出。家人既集，堂屋五间拉然[4]而崩。

注释：

1. 谯：古县名，在今安徽亳州。

2. 嘷：嚎叫。

3. 拊心：拍打胸口，形容极度伤心的样子。

4. 拉然：形容房屋忽然倒塌的样子。

淳于智筮病

护军[1]张劭母病笃。智筮之，使西出市沐猴[2]，系母臂，令傍人搥（chuí）[3]拍，恒使作声，三日放去。劭从之。其猴出门，即为犬所咋（zé）[4]死，母病遂差。

注释：

1. 护军：官职名，主管调节各将领间的关系。

2. 沐猴：猕猴。

3. 搥：敲击。

4. 咋：咬。

郭璞撒豆成兵

郭璞[1]字景纯，行至庐江[2]，劝太守胡孟康急回南渡。康不从，璞将促装³去之，爱其婢，无由得，乃取小豆三斗，绕主人宅散之。主人晨起，见赤衣人数千围其家，就视则灭。甚恶之，请璞为卦。璞曰："君家不宜畜此婢，可于东南二十里卖之，慎勿争价，则此妖可除也。"璞阴令人贱买此婢，复为投符于井中，数千赤衣人一一自投于井。主人大悦。璞携婢去，后数旬而庐江陷。

注释：

1. 郭璞：字景纯，河东闻喜（今山西闻喜）人，晋代著名学者。

2. 庐江：古郡名，汉代置庐江郡。故城在今安徽庐江县西二十里。

3. 促装：仓促收拾行装。

郭璞救马

赵固¹所乘马忽死，甚悲惜之，以问郭璞。璞曰："可遣数十人持竹竿，东行三十里，有山林陵树²，便搅打之。当有一物出，急宜持归。"于是如言，果得一物，似猿。持归，入门，见死马，跳梁³走往死马头，嘘吸⁴其鼻。顷之，马即能起。奋迅⁵嘶鸣，饮食如常。亦不复见向物。固奇之，厚加资给。

注释：

1. 赵固：十六国时期汉国开国君主刘渊的将军。

2. 陵树：墓园里的树。

3. 跳梁：奔跑跳跃的样子。

4. 嘘吸：呼吸吐纳。

5. 奋迅：精神振奋、行动迅速。

郭璞筮病

扬州别驾[1]顾球姊，生十年，便病，至年五十余，令郭璞筮，得"大过"之"升"[2]。其辞曰："'大过'卦者义不嘉，冢墓枯杨无英华。振动游魂见龙车，身被重累婴妖邪。法由斩祀杀灵蛇，非己之咎先人瑕。案卦论之可奈何。"[3]球乃迹访其家事，先世曾伐大树，得大蛇，杀之，女便病。病后，有群鸟数千，回翔屋上，人皆怪之，不知何故。有县农行过舍边，仰视，见龙牵车，五色晃烂，其大非常，有顷遂灭。

注释：

1. 别驾：官职名。刺史佐吏，总管众务。

2. "大过"之"升"：卜卦时因变爻由"大过"卦变成了"升"卦。

3. 卦辞释义："大过"卦意不祥，坟冢旁的杨树枯萎了没有开花。惊动了幽魂让龙车显现，身负多重忧患又遭遇妖邪。根源是断了祭祀还杀了灵蛇，这些都不是你们的过错而是你们先人造成的。我只能按照卦象告诉你，其他的也没有什么办法。

郭璞招白牛

义兴[1]方叔保得伤寒[2]，垂死，令璞占之，不吉，令求白牛厌之。求之不得，唯羊子玄有一白牛，不肯借。璞为致之，即日有大白牛从西来，径往。临，叔保惊惶，病即愈。

注释：

1. 义兴：古县名，晋代置义兴县，在今江苏宜兴。

2. 伤寒：风寒侵体而引发的疾病。

隗炤藏金

隗炤，汝阴[1]鸿寿亭[2]民也，善《易》。临终书板，授其妻曰："吾亡后，当大荒。虽尔，而慎莫卖宅也。到后五年春，当有诏使[3]，来顿此亭，姓龚。此人负[4]吾金，即以此板往责之。勿负言也。"

亡后，果大困，欲卖宅者数矣，忆夫言，辄止。至期，有龚使者，果止亭中，妻遂赍板责之。使者执板，不知所言，曰："我平生不负钱，此何缘尔邪？"妻曰："夫临亡，手书板见命如此，不敢妄也。"使者沉吟良久而悟，乃命取蓍筮之。卦成，抵掌叹曰："妙哉隗生！含明隐迹而莫之闻，可谓镜穷达而洞吉凶者也。"于是告其妻曰："吾不负金，贤夫自有金。乃知亡后当暂穷，故藏金以待太平。所以不告儿妇者，恐金尽而困无已也。知吾善《易》，故书板以寄意耳。金五百斤，盛以青罂（ying），覆以铜柈（pán）[5]，埋在堂屋东头，去壁一丈，入地九尺。"妻还掘之，果得金，皆如所卜。

注释：

1. 汝阴：古郡名。郡治在今安徽阜阳。

2. 亭：秦汉时期乡、里之间的行政机构。

3. 诏使：皇帝派出的特使。

4. 负：拖欠。

5. 柈：盘子。

韩友驱魅

韩友，字景先，庐江舒人也。善占卜，亦行京房厌胜之术。刘世则女病魅[1]积年，巫为攻祷[2]，伐空冢故城间，得狸鼍（tuó）[3]数十，病犹不差。友筮之，命作布囊，俟女发时，张囊着窗牖（yǒu）间。友闭户作气，若有所驱。须臾间，见囊大胀，如吹，因决败之。女仍大发。友乃更作皮囊二枚沓[4]张之，施张如前，囊复胀满。因急缚囊口，悬着树。二十许日，渐消。开视，有二斤狐毛。女病遂差。

注释：

1. 病魅：因妖邪作祟而生病。

2. 攻祷：举行某种祷祝仪式以驱邪。

3. 鼍：扬子鳄。

4. 沓：重叠。

严卿禳灾

会稽严卿善卜筮。乡人魏序欲东行，荒年多抄盗，令卿筮之。卿曰："君慎不可东行。必遭暴害，而非劫也。"序不信。卿曰："既必不停，宜有以禳之。可索西郭外独母家白雄狗，系着船前。"

求索，止得驳狗，无白者。卿曰："驳者亦足。然犹恨其色不纯。当余小毒，止及六畜辈耳。无所复忧。"序行半路，狗忽然作声，甚急，有如人打之者。比视，已死，吐黑血斗余。其夕，序墅上白鹅数头，无故自死。序家无恙。

华佗治疮

沛国¹华佗²，字元化，一名旉（fū）。琅邪³刘勋为河内太守，有女年几二十，苦脚左膝里有疮，痒而不痛，疮愈数十日复发。如此七八年。迎佗使视。佗曰："是易治之。当得稻穅黄色犬一头，好马二匹。"以绳系犬颈，使走马牵犬，马极辄易，计马走三十余里，犬不能行，复令步人拖曳，计向五十里。乃以药饮女，女即安卧不知人。因取大刀断犬腹近后脚之前，以所断之处向疮口，令二三寸停之。须臾，有若蛇者，从疮中出。便以铁椎横贯蛇头，蛇在皮中动摇良久，须臾不动，乃牵出，长三尺许，纯是蛇，但有眼处而无瞳子，又逆麟耳。以膏散着疮中，七日愈。

注释：

1. 沛国：郡国名，刘邦建国后改泗水郡为沛郡。在今安徽北部。
2. 华佗：名旉。东汉末年名医，后为曹操所杀。
3. 琅邪：一作"琅琊"，古郡名。秦代置琅邪郡，在今山东诸城一带。

华佗治咽病

佗尝行道，见一人病咽，嗜食不得下，家人车载，欲往就医。佗闻其呻吟声，驻车往视，语之曰："向来道边，有卖饼家蒜齑（jī）¹大酢（cù）²，从取三升饮之，病自当去。"即如佗言，立吐蛇一枚。

注释：

1. 蒜齑：蒜末。
2. 酢：醋。

卷四

风伯雨师

风伯,雨师[1],星也。风伯者,箕(jī)星[2]也。雨师者,毕星[3]也。郑玄[4]谓司中、司命,文昌[5]第四、第五星也。雨师一曰屏翳,一曰号屏,一曰玄冥。

注释:

1. 风伯:风神。雨师:雨神。

2. 箕星:星宿名,二十八星宿之一,东方青龙七宿中的第七宿。古人认为箕星主风。

3. 毕星:星宿名,二十八星宿之一,西方白虎七宿中的第五宿。古人认为毕星主兵、雨。

4. 郑玄:字康成,北海郡高密县(今山东省高密市)人,汉代经学集大成者。遍注群经,创立郑学。

5. 文昌:星宿名,又称文昌宫。

张宽说女星

蜀郡[1]张宽,字叔文。汉武帝时为侍中,从祀甘泉[2],至渭桥,有女子浴于渭水,乳长七尺。上怪其异,遣问之。女曰:"帝后第七车者知我所来。"时宽在第七车。对曰:"天星,主祭祀者。斋戒不洁，则女人³见。”

注释：
1. 蜀郡：古郡名，秦代置蜀郡。治所在今四川成都。
2. 甘泉：甘泉宫。故址在今陕西淳化西北甘泉山。
3. 女人：指女宿。也称须女、婺女，二十八星宿中北方玄武七星第三宿。

太公望

文王以太公望¹为灌坛令。期年，风不鸣条²。文王梦一妇人，甚丽，当道而哭。问其故，曰：“吾泰山之女，嫁为东海妇。欲归³，今为灌坛令当道有德，废我行；我行必有大风疾雨。大风疾雨，是毁其德也。”文王觉，召太公问之。是日果有疾雨暴风，从太公邑外而过。文王乃拜太公为大司马。

注释：
1. 太公望：即姜尚，又称吕尚，字尚父，人称姜太公或太公望。
2. 风不鸣条：风轻拂树枝而不发出声响，比喻天下太平。
3. 归：女子出嫁。

胡母班传书

胡母班，字季友，泰山人也。曾至泰山之侧，忽于树间，逢一绛衣驺（zōu）¹，呼班云：“泰山府君²召。”班惊愕，逡（qūn）巡³

未答。复有一驺出，呼之。遂随行数十步，驺请班暂瞑[4]，少顷，便见宫室，威仪甚严。班乃入阁拜谒，主为设食，语班曰："欲见君，无他，欲附书与女婿耳。"班问："女郎何在？"曰："女为河伯妇。"班曰："辄当奉书，不知缘何得达？"答曰："今适河中流，便扣舟呼'青衣[5]'，当自有取书者。"班乃辞出。昔驺复令闭目，有顷，忽如故道。

遂西行，如神言而呼青衣。须臾，果有一女仆出，取书而没。少顷，复出，云："河伯欲暂见君。"婢亦请瞑目。遂拜谒河伯。河伯乃大设酒食，词旨殷勤。临去，谓班曰："感君远为致书，无物相奉。"于是命左右："取吾青丝履来！"以贻班。班出，瞑然，忽得还舟。

遂于长安经年而还。至泰山侧，不敢潜过，遂扣树自称姓名，从长安还，欲启消息。须臾，昔驺出，引班如向法而进，因致书焉。府君请曰："当别再报。"班语讫，如厕，忽见其父着械徒[6]作，此辈数百人。班进拜流涕问："大人何因及此？"父云："吾死不幸，见谴三年，今已二年矣，苦不可处。知汝今为明府所识，可为吾陈之，乞免此役，便欲得社公[7]耳。"班乃依教，叩头陈乞。府君曰："生死异路，不可相近，身无所惜。"班苦请，方许之。于是辞出，还家。

岁余，儿子死亡略尽。班惶惧，复诣泰山，扣树求见。昔驺遂迎之而见。班乃自说："昔辞旷拙，及还家，儿死亡至尽。今恐祸故未已，辄来启白，幸蒙哀救。"府君拊掌大笑曰："昔语君'死生异路，不可相近'故也。"即敕外召班父。须臾至，庭中问之："昔求还里社，当为门户作福，而孙息死亡至尽，何也？"答云："久别乡里，自忻（xīn）[8]得还，又遇酒食丰足，实念诸孙，召之。"于是代之。父涕泣而出。班遂还。后有儿皆无恙。

注释：

1. 驺：骑马驾车的随从。

2. 泰山府君：即东岳大帝。相传为天帝孙子，掌管人间生死，能召人魂魄。

3. 逡巡：形容犹豫、迟疑的样子。

4. 瞑：闭眼。

5. 青衣：古代多唤婢女、侍女为青衣。

6. 徒：徒刑。五刑之一，将罪犯拘禁于一定的场所，剥夺其自由并强制劳动的刑罚。

7. 社公：即土地神。

8. 忻：心喜。

河伯冯夷

宋时，弘农[1]冯夷，华阴潼乡堤首人也。以八月上庚日[2]渡河，溺死。天帝署[3]为河伯。又《五行书》[4]曰："河伯以庚辰日死。不可治船远行，溺没不返。"

注释：

1. 弘农：古郡名，治所在今河南灵宝东北。

2. 上庚日：阴历每月上旬庚日。

3. 署：任命。

4.《五行书》：已散失。相传为一本记载五行吉凶、阴阳祸福、神仙方术的书。

华山使

秦始皇三十六年，使者郑容从关东来，将入函关[1]，西至华阴[2]，望见素车白马，从华山上下。疑其非人，道住止而待之。遂至，问郑容曰："安之？"答曰："之咸阳。"车上人曰："吾华山使也。愿托一牍书，致镐池[3]君所。子之咸阳，道过镐池，见一大梓，有文石，取款[4]梓，当有应者，即以书与之。"容如其言，以石款梓树，果有人来取书。明年，祖龙[5]死。

注释：

1. 函关：即函谷关。

2. 华阴：华山北。

3. 镐池：古池名，旧址在今西安西。

4. 款：叩，敲击。

5. 祖龙：即秦始皇。

张璞投女

张璞字公直，不知何许人也。为吴郡太守，征还，道由庐山，子女观于祠室，婢使指像人以戏曰："以此配汝。"

其夜，璞妻梦庐君致聘曰："鄙男不肖[1]，感垂[2]采择，用致微意。"妻觉，怪之。婢言其情。于是妻惧，催璞速发。中流，舟不为行。阖船震恐。乃皆投物于水，船犹不行。或曰："投女，则船为进。"皆曰："神意已可知也。以一女而灭一门，奈何？"璞曰："吾不忍见之。"乃上飞庐[3]卧，使妻沉女于水。

妻因以璞亡兄孤女代之。置席水中，女坐其上，船乃得去。璞见女之在也，怒曰："吾何面目于当世也。"乃复投己女。及得渡，遥见二女在下。有吏立于岸侧，曰："吾庐君主簿[4]也。庐君谢君。知鬼神非匹，又敬君之义，故悉还二女。"后问女，言："但见好屋吏卒，不觉在水中也。"

注释：

1. 鄙男：谦辞，指我的儿子。不肖：不成器。

2. 垂：谦辞，多用于上对下的动作。

3. 飞庐：船上的小阁楼。

4. 主簿：官职名，主管文书，办理事务。

建康小吏曹著

建康[1]小吏曹著，为庐山使所迎，配以女婉。著形意不安，屡屡求请退。婉潸然垂涕，赋诗序别[2]。并赠织成裈（kūn）[3]衫。

注释：

1. 建康：古都名，即今江苏南京。

2. 序别：道别，话别。

3. 裈：满裆裤。

鲤鱼传书刀

宫亭湖[1]孤石庙，尝有估客[2]至都，经其庙下，见二女子，云：

"可为买两量³丝履，自相厚报。"估客至都，市好丝履，并箱盛之，自市书刀⁴，亦内箱中。既还，以箱及香置庙中而去，忘取书刀。至河中流，忽有鲤鱼跳入船内，破鱼腹，得书刀焉。

注释：

1. 宫亭湖：鄱阳湖古名。

2. 估客：商人。

3. 量：量词，相当于"双"，古代用以计算鞋的数量。

4. 书刀：在竹简上刻字或者修改的笔刀。

宫亭庙神

南州¹人有遣吏献犀簪²于孙权者，舟过宫亭庙而乞灵焉。神忽下教曰："须汝犀簪。"吏惶遽不敢应。俄而犀簪已前列矣。神复下教曰："俟汝至石头城³，返汝簪。"吏不得已，遂行。自分（fèn）⁴失簪，且得死罪。比达石头，忽有大鲤鱼，长三尺，跃入舟。剖之，得簪。

注释：

1. 南州：今广东、广西地区。

2. 犀簪：犀牛角制成的簪子。

3. 石头城：古城名，又称石首城。旧址在今江苏南京清凉山。

4. 分：忖度、料想。

驴鼠

郭璞过江，宣城太守殷祐引为参军。时有一物，大如水牛，灰色，卑脚，脚类象，胸前尾上皆白，大力而迟钝，来到城下，众咸怪焉。祐使人伏而取之。令璞作卦，遇"遯（dùn）"之"蛊"[1]，名曰"驴鼠"。卜适了，伏者以戟刺，深尺余。郡纲纪[2]上祠请杀之。巫云："庙神不悦。此是郏亭[3]驴山君使，至荆山，暂来过我。不须触之。"遂去，不复见。

注释：

1. 遇"遯"之"蛊"：表示由"遯"卦变"蛊"卦。"遯"是艮下乾上，卦义讲进退之事；"蛊"巽下艮上，卦义讲伦理道德。

2. 纲纪：古代公府及州郡主簿等。

3. 郏亭：即宫亭湖。

如愿

庐陵[1]欧明，从贾客[2]，道经彭泽湖[3]，每以舟中所有，多少投湖中，云："以为礼。"积数年。后复过，忽见湖中有大道，上多风尘[4]。有数吏，乘车马来候明，云："是青洪君[5]使要。"须臾达，见有府舍，门下吏卒。明甚怖。吏曰："无可怖！青洪君感君前后有礼，故要君，必有重遗君者，君勿取，独求'如愿'耳。"明既见青洪君，乃求"如愿"，使逐明去。如愿者，青洪君婢也。明将归，所愿辄得，数年，大富。

注释：

1. 庐陵：古郡名，东汉置庐陵郡。郡治在今江西泰和。

2. 贾客：商人。

3. 彭泽湖：鄱阳湖古称。

4. 风尘：尘世。现实世界的景象。

5. 青洪君：彭泽湖湖神。

黄石公祠

益州¹之西，云南之东，有神祠，克²山石为室，下有神，奉祠之，自称黄公。因言此神，张良³所受黄石公⁴之灵也。清净不宰杀。诸祈祷者，持一百钱，一双笔，一丸墨，置石室中，前请乞，先闻石室中有声，须臾，问："来人何欲？"既言，便具语吉凶，不见其形。至今如此。

注释：

1. 益州：地名，汉武帝置十三刺史部之一。辖境在今四川盆地、汉中盆地一带。

2. 克：开凿。

3. 张良：字子房，汉代谋略家、政治家。

4. 黄石公：秦末汉初隐士，被道家纳入神仙谱。

樊道基

永嘉中，有神见兖州[1]，自称樊道基。有妪，号成夫人。夫人好音乐，能弹箜篌[2]。闻人弦歌，辄便起舞。

注释：

1. 兖州：地名，汉武帝置十三刺史部之一。在今山东地区。
2. 箜篌：古代的一种拨弦乐器。

戴文谋疑神

沛国戴文谋，隐居阳城山[1]中。曾于客堂食际，忽闻有神呼曰："我天帝使者，欲下凭[2]君，可乎？"文闻甚惊。又曰："君疑我也？"文乃跪曰："居贫，恐不足降下耳。"既而洒扫设位，朝夕进食，甚谨。

后于室内窃言之。妇曰："此恐是妖魅凭依耳。"文曰："我亦疑之。"及祠飨（xiǎng）[3]之时，神乃言曰："吾相从，方欲相利，不意有疑心异议。"文辞谢之际，忽堂上如数十人呼声，出视之，见一大鸟五色，白鸠[4]数十随之，东北入云而去，遂不见。

注释：

1. 阳城山：俗称车岭山、马岭山。在今河南巩义东南。

2. 凭：指鬼神依附于人。

3. 祠飨：祭祀。

4. 白鸠：一种形似鸽子的鸟类，古以为瑞兽。

糜竺逢火神

糜竺[1]，字子仲，东海朐（qú）[2]人也。祖世货殖，家赀（zī）[3]巨万。常从洛归，未至家数十里，见路次有一好新妇，从竺求寄载。行可二十余里，新妇谢去，谓竺曰："我天使也，当往烧东海糜竺家。感君见载，故以相语。"竺因私请之。妇曰："不可得不烧。如此，君可快去，我当缓行。日中，必火发。"竺乃急行归，达家，便移出财物。日中而火大发。

注释：

1. 糜竺：字子仲，东海郡朐县（今江苏连云港西南）人。三国时期蜀国将领，刘备曾拜之为安汉将军。
2. 朐：古县名，在今山东与江苏交界处。
3. 赀：通"资"，资财，家财。

阴子方祀灶

汉宣帝[1]时，南阳[2]阴子方者，性至孝，积恩好施。喜祀灶。腊日[3]晨炊，而灶神形见。子方再拜受庆，家有黄羊[4]，因以祀之。自是已后，暴至巨富。田七百余顷，舆马仆隶，比于邦君。子方尝言："我子孙必将强大。"至识[5]三世，而遂繁昌。家凡四侯，牧守数十。故后子孙尝以腊日祀灶，而荐黄羊焉。

注释：

1. 汉宣帝：刘询，汉武帝曾孙。
2. 南阳：古郡名，秦代置南阳郡。郡治在今河南南阳。

4. 黄羊：黄犬。《太平御览》卷九百四十引《古今注》曰："狗，一名黄羊。"
5. 识：阴识。汉光武帝刘秀光烈皇后阴丽华的哥哥。

张成见蚕神

吴县[1]张成，夜起，忽见一妇人立于宅南角，举手招成，曰："此是君家之蚕室。我即此地之神。明年正月十五，宜作白粥，泛膏[2]于上。"以后年年大得蚕。今之作膏糜[3]像此。

注释：

1. 吴县：古县名，秦代置吴县。故城在今江苏苏州吴中区、相城区。
2. 膏：油脂。
3. 膏糜：上浮油脂的白粥，古时农历正月十五祭祀蚕神所用。

戴侯祠

豫章有戴氏女，久病不差，见一小石，形像偶人[1]，女谓曰："尔有人形，岂神？能差我宿疾[2]者，吾将重[3]汝。"其夜，梦有人告之："吾将佑汝。"自后疾渐差。遂为立祠山下。戴氏为巫，故名戴侯祠。

注释：

1. 偶人：用土、木、陶、布等制成的人形物。

2. 宿疾：旧疾，指久病不愈的疾病。

3. 重：供奉。

刘玘成神

汉阳羡长刘玘尝言："我死当为神。"一夕，饮醉，无病而卒。风雨，失其枢。夜闻荆山有数千人嗷[1]声，乡民往视之，则棺已成冢。遂改为君山，因立祠祀之。

注释：

1. 嗷：通"喊"，呼喊、喊叫。

●

卷
五

蒋子文成神

蒋子文者，广陵[1]人也。嗜酒好色，挑挞[2]无度。常自谓己骨清，死当为神。汉末，为秣陵[3]尉，逐贼至钟山[4]下，贼击伤额，因解绶[5]缚之，有顷遂死。

及吴先主之初，其故吏见文于道，乘白马，执白羽扇，侍从如平生。见者惊走。文追之，谓曰："我当为此土地神，以福尔下民。尔可宣告百姓，为我立祠。不尔，将有大咎。"是岁夏，大疫，百姓窃相恐动，颇有窃祠之者矣。

文又下巫祝[6]："吾将大启佑孙氏，宜为我立祠。不尔，将使虫入人耳为灾。"俄而小虫如尘虻（méng）[7]，入耳，皆死，医不能治。百姓愈恐。孙主未之信也。

又下巫祝："若不祀我，将又以大火为灾。"是岁，火灾大发，一日数十处。火及公宫。议者以为鬼有所归，乃不为厉，宜有以抚之。于是使使者封子文为中都侯，次弟子绪为长水校尉，皆加印绶[8]。为立庙堂。转号钟山为蒋山，今建康东北蒋山是也。自是灾厉止息，百姓遂大事之。

注释：

1. 广陵：古郡名，郡治在今江苏扬州。

2. 挑挞：轻佻放荡。

3. 秣陵：古县名，在今江苏南京附近。

4. 钟山：今江苏南京紫金山。

5. 绶：衣带。

6. 巫祝：祠庙主持祭祀的人。

7. 尘虻：一种小飞虫。

8. 印绶：印信和系印信的绶带。

蒋侯召刘赤父

刘赤父者，梦蒋侯召为主簿。期日促[1]，乃往庙陈请："母老，子弱，情事过切。乞蒙放恕。会稽魏过，多材艺，善事神，请举过自代。"因叩头流血。庙祝[2]曰："特愿相屈，魏过何人，而有斯举？"赤父固请，终不许。寻而赤父死焉。

注释：

1. 促：紧急。

2. 庙祝：掌管庙中香火的人。

蒋山庙戏婚

咸宁中[1]，太常卿[2]韩伯子某，会稽内史[3]王蕴子某，光禄大夫[4]刘耽子某，同游蒋山庙。庙有数妇人像，甚端正。某等醉，各指像以戏，自相配匹。

即以其夕，三人同梦蒋侯遣传教相闻，曰："家子女并丑陋，而猥垂荣顾。辄刻[5]某日，悉相奉迎。"某等以其梦指适[6]异常，试往相问，而果各得此梦，符协如一。于是大惧。备三牲[7]，诣庙谢罪乞哀。

074

又俱梦蒋侯亲来降己，曰："君等既已顾之，实贪会对。克期垂及，岂容方更中悔？"经少时并亡。

注释：

1. 咸宁中：东晋咸安、宁康年间。

2. 太常卿：官职名，主管宗庙礼仪、选试博士等。

3. 内史：官职名，辅佐天子处理爵、禄、废、置等政务。

4. 光禄大夫：官职名，主管顾问、应对等职责。

5. 刻：限定。

6. 指适：指向。

7. 三牲：指祭祀时所用的牛、羊、猪，古称三牲为太牢。

蒋侯与吴望子

会稽郯（Mào）[1] 县东野有女子，姓吴，字望子，年十六，姿容可爱。其乡里有解鼓舞神者，要之，便往。缘塘行，半路忽见一贵人，端正非常。贵人乘船，挺力[2] 十余，整顿令人问望子："欲何之？"具以事对。贵人云："今正欲往彼，便可入船共去。"望子辞不敢。忽然不见。

望子既拜神座，见向船中贵人，俨然端坐，即蒋侯像也。问望子"来何迟？"因掷两橘与之。数数形见，遂隆情好。心有所欲，辄空中下之。尝思啖[3] 鲤，一双鲜鲤随心而至。望子芳香[4]，流闻数里，颇有神验，一邑共事奉。经三年，望子忽生外意，神便绝往来。

注释：

1. 郯：古县名，秦代置郯县。在今浙江宁波。

3. 唊：吃。

4. 芳香：此处指吴望子的名声。

蒋侯助杀虎

　　陈郡[1]谢玉，为琅邪内史，在京城。所在虎暴，杀人甚众。有一人，以小船载年少妇，以大刀插着船，挟暮[2]来至逻所[3]。将出语云："此间顷来甚多草秽[4]，君载细小[5]，作此轻行，大为不易。可止逻宿也。"相问讯既毕，逻将适还去。

　　其妇上岸，便为虎将去。其夫拔刀大唤，欲逐之。先奉事蒋侯，乃唤求助。如此当行十里，忽如有一黑衣为之导，其人随之，当复二十里，见大树。既至一穴，虎子闻行声，谓其母至，皆走出，其人即其所杀之。便拔刀隐树侧，住良久，虎方至，便下妇着地，倒牵入穴。其人以刀当腰斫断之。虎既死，其妇故活。向晓，能语。问之，云："虎初取，便负着背上，临至而后下之。四体无他，止为草木伤耳。"扶归还船，明夜，梦一人语之曰："蒋侯使助汝，知否？"至家，杀猪祠焉。

注释：

1. 陈郡：古郡名，秦代置陈郡。郡治在今河南淮阳。

2. 挟暮：傍晚。

3. 逻所：巡逻的哨所。

4. 草秽：指老虎。

5. 细小：家眷妻小。

丁姑祠

淮南全椒[1]县有丁新妇者，本丹阳[2]丁氏女，年十六，适全椒谢家。其姑[3]严酷，使役有程，不如限者，仍便笞（chī）捶[4]不可堪。九月九日，乃自经死。遂有灵向[5]，闻于民间。发言于巫祝曰："念人家妇女，作息不倦，使避九月九日，勿用作事。"

见形，着缥（piǎo）衣[6]，戴青盖，从一婢，至牛渚津[7]，求渡。有两男子共乘船捕鱼，仍呼求载。两男子笑共调弄之，言："听我为妇，当相渡也。"丁姑曰："谓汝是佳人，而无所知。汝是人，当使汝入泥死；是鬼，使汝入水。"便却入草中。

须臾，有一老翁乘船载苇。姑从索渡，翁曰："船上无装，岂可露渡？恐不中载耳。"姑言："无苦。"翁因出苇半许，安处着船中，径渡之。至南岸，临去，语翁曰："吾是鬼神，非人也。自能得过，然宜使民间粗相闻知。翁之厚意，出苇相渡，深有惭感，当有以相谢者。若翁速还去，必有所见，亦当有所得也。"翁曰："恐燥湿不至[8]，何敢蒙谢。"

翁还西岸，见两男子覆水中。进前数里，有鱼千数跳跃水边，风吹至岸上。翁遂弃苇，载鱼以归。于是丁姑遂还丹阳。江南人皆呼为丁姑。九月九日，不用作事，咸以为息日也。今所在祠之。

注释：

1. 全椒：古县名，即今安徽滁州全椒县。

2. 丹阳：古郡名，汉代改秦鄣郡为丹阳郡。郡治在今安徽宣城宣州区。

3. 姑：丈夫的母亲，又称婆婆。

4. 笞捶：用竹木之类的棍条抽打。

5. 灵向：一作"灵响"，显灵的意思。

6. 缥衣：淡青色的衣衫。

7. 牛渚津：长江渡口名。在今安徽当涂西北牛渚山下。

8. 燥湿不至：照顾不周的意思。

赵公明府参佐

散骑侍郎[1]王祐，疾困，与母辞诀，既而闻有通宾者，曰：
"某郡某里某人，尝为别驾[2]。"祐亦雅闻其姓字，有顷，奄
然[3]来至，曰："与卿士类，有自然之分，又州里，情便款然。今年
国家有大事，出三将军，分布征发。吾等十余人，为赵公明[4]府参
佐。至此仓卒，见卿有高门大屋，故来投。与卿相得，大不可言。"

祐知其鬼神，曰："不幸疾笃，死在旦夕。遭卿，以性命相
托。"答曰："人生有死，此必然之事。死者不系生时贵贱。吾今见
领兵三千，须卿，得度簿相付。如此地难得，不宜辞之。"祐曰：
"老母年高，兄弟无有，一旦死亡，前无供养。"遂欷歔（xī xū）[5]
不能自胜。其人怆然曰："卿位为常伯[6]，而家无余财。向闻与尊夫
人辞诀，言辞哀苦。然则卿国士也，如何可令死。吾当相为。"因起
去，"明日更来。"其明日又来。佑曰："卿许活吾，当卒恩否？"
答曰："大老子[7]业已许卿，当复相欺耶？"见其从者数百人，皆长
二尺许，乌衣军服，赤油为志。

祐家击鼓祷祀，诸鬼闻鼓声，皆应节起舞，振袖，飒飒有声。祐
将为设酒食。辞曰："不须。"因复起去。谓祐曰："病在人体中，
如火，当以水解之。"因取一杯水，发被灌之。又曰："为卿留赤笔
十余枝，在荐[8]下，可与人，使簪之。出入辟恶灾，举事皆无恙。"
因道曰："王甲、李乙，吾皆与之。"遂执祐手与辞。

时祐得安眠，夜中忽觉，乃呼左右，"令开被，神以水灌我，将
大沾濡（rú）[9]。"开被而信有水，在上被之下，下被之上，不浸，
如露之在荷。量之，得三升七合（gě）[10]。于是疾三分愈二，数日大

除。凡其所道当取者，皆死亡，唯王文英半年后乃亡。所道与赤笔人，皆经疾病及兵乱，皆亦无恙。

初有妖书云："上帝以三将军赵公明、钟士季 [11] 各督数鬼下取人。"莫知所在。祐病差，见此书，与所道赵公明合焉。

注释：

1. 散骑侍郎：官职名，即散骑常侍。近侍皇帝左右的顾问。

2. 别驾：官职名，亦称别驾从事，为州刺史佐吏。

3. 奄然：忽然。

4. 赵公明：魏晋时期被认为是勾人魂魄的瘟神。后被奉为财神。

5. 歔欷：抽泣，哭泣。

6. 常伯：官职名。周代君主身边管理民事的大臣。

7. 大老子：魏晋时期老年男子自傲的称呼。

8. 荐：草，垫子。

9. 沾濡：浸湿。

10. 合：古代量词，十合为一升。

11. 钟士季：钟会，三国谋士、将领。相传死后为鬼将。

周式逢鬼吏

汉下邳（pī）[1] 周式尝至东海，道逢一吏，持一卷书，求寄载。行十余里，谓式曰："吾暂有所过，留书寄君船中，慎勿发之。"去后，式盗发视书，皆诸死人录，下条有式名。须臾，吏还，式犹视书。吏怒曰："故以相告，而忽视之。"式叩头流血。

良久，吏曰："感卿远相载，此书不可除卿名。今日已去，还家，三年勿出门，可得度 [2] 也。勿道见吾书。"式还，不出，已二年余，家皆怪之。邻人卒亡，父怒，使往吊之。式不得已，适出门，便见此吏。吏曰："吾令汝三年勿出，而今出门，知复奈何？吾求不见，连累为鞭杖。今已见汝，无可奈何。后三日日中，当相取也。"式还，涕泣具道如此。父故不信，母昼夜与相守。至三日日中时，果见来取，便死。

注释：

1. 下邳：地名，秦代置下邳县，东汉时置下邳国，南朝时改为下邳郡。郡治在今江苏睢宁西北。

2. 度：逃过一劫，免于一死。

张助种李

南顿[1]张助于田中种禾，见李核，欲持去，顾见空桑[2]，中有土，因植种，以余浆溉灌。后人见桑中反复生李，转相告语，有病目痛者，息阴下，言："李君令我目愈，谢以一豚[3]。"目痛小疾，亦行自愈。众犬吠声[4]，盲者得视，远近翕（xì）赫[5]，其下车骑常数千百，酒肉滂沱[6]。间一岁余，张助远出来还，见之，惊云："此有何神，乃我所种耳。"因就斫之。

注释：

1. 南顿：古县名。在今河南项城西。

2. 空桑：空心桑树。

3. 豚：猪。

4. 众犬吠声：指"一犬吠声，百犬吠声。"形容人云亦云。

5. 翕赫：盛大、显赫的样子。

6. 滂沱：形容丰盛的样子。

新井

　　王莽[1]居摄[2]，刘京[3]上言："齐郡[4]临淄县亭长辛当，数梦人谓曰：'吾，天使也。摄皇帝当为真。即不信我，此亭中当有新井出。'亭长起视，亭中果有新井，入地百尺。"

注释：

1. 王莽：字巨君，汉孝元皇后的侄子，汉平帝皇后的父亲。

2. 居摄：因皇帝年幼不能亲理朝政，由大臣代居其位处理朝政。

3. 刘京：西汉广饶侯。

4. 齐郡：古郡名，汉代置齐郡。郡治在今山东临淄。

卷六

论妖怪

妖怪者，盖精气之依物者也。气乱于中，物变于外。形神气质，表里之用也。本于五行[1]，通于五事[2]，虽消息[3]升降，化动万端，其于休咎[4]之征，皆可得域而论矣。

注释：

1. 五行：金、木、水、火、土。
2. 五事：貌、言、视、听、思。
3. 消息：消长、生灭、盛衰等。
4. 休咎：吉凶，祸福。

论山徙

夏桀之时厉山[1]亡，秦始皇之时三山[2]亡，周显王三十二年宋大丘[3]社亡，汉昭帝之末，陈留[4]、昌邑[5]社亡。京房《易传》[6]曰："山默然自移，天下兵乱，社稷亡也。"

故会稽山阴琅邪中有怪山，世传本琅邪东武海中山也，时天夜，风雨晦冥，旦而见武山在焉。百姓怪之，因名曰怪山。时东武县山，亦一夕自亡去，识其形者，乃知其移来。今怪山下见有东武里，盖记山所自来，以为名也。

又交州[7]山移至青州[8]朐县。凡山徙，皆不极之异也。此二事未详其世。《尚书·金滕(téng)》[9]（按：下文出自《洪范》，而非《金滕》）曰："山徙者，人君不用道，士贤者不兴，或禄去公室，赏罚不由君，私门成群。不救，当为易世变号。"

说曰："善言天者，必质于人；善言人者，必本于天。"故天有四时，日月相推，寒暑迭代，其转运也。和而为雨，怒而为风，散而为露，乱而为雾，凝而为霜雪，张而为虹霓[10]，此天之常数也。

人有四肢五脏，一觉一寐，呼吸吐纳，精气往来，流而为荣卫[11]，彰而为气色，发而为声音，此亦人之常数也。

若四时失运，寒暑乖违，则五纬[12]盈缩，星辰错行，日月薄蚀，彗孛(bèi)[13]流飞，此天地之危诊也。寒暑不时，此天地之蒸否也。石立土踊，此天地之瘤赘(liú zhuì)[14]也。山崩地陷，此天地之痈疽(yōng jū)[15]也。冲风暴雨，此天地之奔气也。雨泽不降，川渎涸竭，此天地之焦枯也。

注释：

1. 厉山：相传为炎帝神农的出生地。在今湖北随州北。

2. 三山：相传为海上三座仙山：蓬莱、方丈、瀛洲。

3. 大丘：又称"太丘"，在今河南永城西北。

4. 陈留：古县名，在今河南开封陈留镇。

5. 昌邑：古县名，在今山东巨野东南。

6. 《易传》：即《周易传》，西汉京房著。

7. 交州：又称交趾。汉武帝置十三刺史部之一。辖境为今广东、广西大部分以及越南北部、中部部分地区。

8. 青州：汉武帝置十三刺史部之一。辖境为今山东临南以东的北部地区。

9. 《尚书·金滕》：《尚书》又称《书经》，儒家经典。包括虞、夏、商、周四个部分，收录当时誓词、政府公文等。《金滕》篇即《尚书》中《周武王有疾周公所自以代王之志》一文。

10. 虹霓：彩虹。

11. 荣卫：中医术语。指人血液循环，气息周流。

12. 五纬：金、木、水、火、土五星。

13. 彗孛：彗星和孛星，古人认为此二星为灾祸或战争的预兆。

14. 瘤赘：肿瘤，此处引喻为灾祸。

15. 痈疽：恶疮，此处引喻为祸患。

龟毛兔角

商纣之时，大龟生毛，兔生角，兵甲将兴之象也。

马化狐

周宣王三十三年，幽王[1]生。是岁，有马化为狐。

注释：
1. 幽王：即周宣王之子姬宫湼（shēng），西周最后一位天子。

玉化蚎

晋献公[1]二年，周惠王[2]居于郑，郑人入玉府[3]，多取玉，玉化为蚎（yù）[4]，射人。

地暴长

周隐王二年四月，齐地暴长，长丈余，高一尺五寸。京房《易妖》[1] 曰："地四时暴长，占：春、夏多吉，秋、冬多凶。"历阳之郡，一夕沦入地中而为水泽，今麻湖[2] 是也。不知何时。《运斗枢》[3] 曰："邑之沦，阴吞阳，下相屠焉。"

一妇四十子

周哀王八年[1]，郑有一妇人，生四十子，其二十人为人，二十人死。其九年，晋有豕生人。吴赤乌七年[2]，有妇人一生三子。

1. 周哀王八年：史载周哀王在位仅三月而亡，此文中记"八年"，当为传闻致误。
2. 赤乌七年：即公元244年。238年至251年孙权年号为赤乌。

御人产龙

周烈王[1]六年，林碧阳君之御人产二龙。

注释：

1. 周烈王：姬喜，又称周夷烈王。周安王之子。

彭生为豕

鲁严公[1]八年，齐襄公[2]田于贝丘[3]，见豕，从者曰："公子彭生也。"公怒，射之，豕人立而啼。公惧，坠车，伤足，丧屦（jù）[4]。刘向[5]以为近豕祸也。

注释：

1. 鲁严公：即鲁庄公。为避东汉明帝刘庄讳改"庄"为"严"。
2. 齐襄公：春秋时期，齐国国君。
3. 贝丘：齐国地名。在今山东博兴东南。
4. 屦：泛指鞋子。
5. 刘向：原名刘更生，字子政，沛县（今江苏沛县）人。西汉著名目录学家、经学家、文学家。

蛇斗

鲁严公时，有内蛇与外蛇斗郑南门中。内蛇死。刘向以为近蛇孽也。京房《易传》曰："立嗣子疑，厥妖蛇居国门斗。"

龙斗

鲁昭公[1]十九年，龙斗于郑时门之外洧（wěi）渊[2]。刘向以为近龙孽也。京房《易传》曰："众心不安，厥妖龙斗其邑中也。"

注释：

1. 鲁昭公：姬稠，春秋后期鲁国国君。
2. 洧渊：水名。即今河南双洎河。

九蛇绕柱

鲁定公[1]元年，有九蛇绕柱，占以为九世庙不祀，乃立炀（yáng）宫[2]。

注释：

1. 鲁定公：姬宋，春秋后期鲁国国君。
2. 炀宫：祭祀鲁炀公的祠庙。

马生人

秦孝公[1]二十一年，有马生人。昭王[2]二十年，牡马生子而死。刘向以为皆马祸也。京房《易传》曰："方伯[3]分威，厥妖牡马生子。上无天子，诸侯相伐，厥妖马生人。"

注释：

1. 秦孝公：嬴渠梁，战国时期秦国国君，秦献公之子。
2. 昭王：即秦昭襄王嬴则，一名嬴稷。战国时期秦国国君。
3. 方伯：指殷、周时期一方诸侯之长。

女化男

魏襄王[1]十三年，有女子化为丈夫，与妻生子。京房《易传》曰："女子化为丈夫，兹谓阴昌，贱人为王。丈夫化为女子，兹谓阴胜阳，厥咎亡。"一曰："男化为女宫刑滥，女化为男妇政行也。"

注释：

1. 魏襄王：姬嗣，战国时期魏国国君，魏惠王之子。

五足牛

秦惠文王[1]五年，游胊衍[2]，有献五足牛，时秦世大用民力，天下叛之。京房《易传》曰："兴繇役，夺民时，厥妖牛生五足。"

1.秦惠文王：嬴驷，战国时期秦国君主，秦孝公之子。

2.胸衍：战国时期北方的少数民族。此处代指他们生活的地方。

临洮大人

秦始皇二十六年，有大人长五丈，足履六尺，皆夷狄服，凡十二人，见于临洮[1]，乃作金人十二以象之。

注释：

1.临洮：古县名，在今甘肃岷县。

龙现井中

汉惠帝[1]二年正月癸酉旦，有两龙现于兰陵[2]廷东里温陵井中，至乙亥夜去。京房《易传》曰："有德遭害，厥妖龙见井中。"又曰："行刑暴恶，黑龙从井出。"

注释：

1.汉惠帝：刘盈，西汉皇帝，汉高祖刘邦之子。

2.兰陵：古县名，战国时期楚国置兰陵县。县治在今山东苍山西南。

马生角

汉文帝[1]十二年，吴地有马生角，在耳前，上向，右角长三寸，左角长二寸，皆大二寸。刘向以为马不当生角，犹吴不当举兵向上也，吴将反之变云。京房《易传》曰："臣易上，政不顺，厥妖马生角。兹谓贤士不足。"又曰："天子亲伐，马生角。"

注释：
1.汉文帝：刘恒，西汉皇帝，汉高祖刘邦第四子。

狗生角

文帝后元五年六月，齐雍城[1]门外有狗生角。京房《易传》曰："执政失下，将害之，厥妖狗生角。"

注释：
1.雍城：地名，在今山东滕州西北。

人生角

汉景帝[1]元年九月，胶东[2]卜密[3]人年七十余，生角，角有毛。京房《易传》曰："冢宰[4]专政，厥妖人生角。"《五行志》以为人不当生角，犹诸侯不敢举兵以向京师也。其后遂有七国之难。至晋武帝泰始五年，元城[5]人，年七十，生角。殆赵王伦[6]篡乱之应也。

注释：

1. 汉景帝：刘启，西汉皇帝，汉文帝之子。

2. 胶东：古郡国名，汉代置胶东国。是汉景帝时期参加七国叛乱的郡国之一。

3. 下密：古县名，在今山东昌邑东南。

4. 冢宰：又称太宰，周代官名。为六卿之首。

5. 元城：古县名，在今河北大名东。

6. 赵王伦：即司马伦。司马懿第九子，封赵王。

狗彘之交

汉景帝三年，邯郸有狗与彘交。是时赵王[1]悖乱，遂与六国反，外结匈奴以为援。《五行志》以为，犬兵革失众之占，豕北方匈奴之象。逆言失听，交于异类，以生害也。京房《易传》曰："夫妇不严，厥妖狗与豕交。兹谓反德，国有兵革。"

注释：

1. 赵王：刘遂。汉景帝时期参与七国叛乱，后兵败自杀。

白黑乌斗

景帝三年十一月，有白颈乌与黑乌群斗楚国吕县[1]。白颈不胜，堕泗水[2]中死者数千。刘向以为近白黑祥也。时楚王戊[3]暴逆无道，刑辱申公[4]，与吴谋反。乌群斗者，师战之象也；白颈者小，明小者败也；堕于水者，将死水地。王戊不悟，遂举兵应吴，与汉大战，兵败而走，至于丹徒[5]，为越人所斩，堕泗水之效也。京房《易传》曰："逆亲亲，厥妖白黑乌斗于国中。"燕王旦[6]之谋反也，又有一乌，一鹊，斗于燕宫中池上，乌堕池死。《五行志》以为楚、燕皆骨肉藩臣，骄恣而谋不义，俱有乌鹊斗死之祥。行同而占合，此天人之明表也。燕阴谋未发，独王自杀于宫，故一乌而水色者死；楚炕阳[7]举兵，军师大败于野，故乌众而金色者死。天道精微之效也。京房《易传》曰："颛[8]征劫杀，厥妖乌鹊斗。"

注释：

1. 吕县：古县名，在今江苏铜山。

2. 泗水：水名。发源于今山东泗水县东。

3. 楚王戊：刘戊，汉高祖刘邦之孙，封楚王。

4. 申公：名培，汉文帝时博士，为《诗》作传，被称为"鲁诗"。

5. 丹徒：古地名，在今江苏西南部。

6. 燕王旦：刘旦，汉武帝第四子。与上官桀等谋杀霍光废昭帝，谋败自杀。

7. 炕阳：比喻统治者专横残暴。

8. 颛：通"专"，专门。

牛足出背

景帝十六年，梁孝王[1]田北山，有献牛足上出背上者。刘向以为近牛祸，内则思虑霿（méng）乱[2]，外则土功过制，故牛祸作。足而出于背，下奸上之象也。

注释：

1. 梁孝王：刘武，汉文帝次子，封于梁。

2. 霿乱：蒙昧杂乱。

内外蛇斗

汉武帝[1]太始四年七月，赵有蛇从郭外入，与邑中蛇斗孝文庙下。邑中蛇死。后二年秋，有卫太子[2]事，自赵人江充起。

注释：

1. 汉武帝：刘彻，西汉皇帝，汉景帝之子。
2. 卫太子：刘据，汉武帝长子。赵人江充诬告太子刘据于宫中埋藏木偶以巫蛊武帝，太子惧，杀江充。武帝追捕太子，太子兵败自杀。史称"巫蛊之祸"。

黄鼠舞

汉昭帝[1]元凤元年九月，燕有黄鼠衔其尾舞王宫端门[2]中。王往视之，鼠舞如故。王使吏以酒脯祠，鼠舞不休，一日一夜，死。时燕王旦谋反，将死之象也。京房《易传》曰："诛不原情，厥妖鼠舞门。"

注释：

1. 汉昭帝：刘弗陵，西汉皇帝，汉武帝之子。
2. 端门：宫殿的正南门。

石自立

昭帝元凤三年正月，泰山[1]芜莱山南汹汹有数千人声。民往视之，有大石自立，高丈五尺，大四十八围，入地深八尺，三石为足。石立后，有白乌数千集其旁。宣帝中兴之瑞也。

注释：

1. 泰山：古郡名，郡治在今山东泰安东北。

食叶成文

昭帝时上林苑[1]中大柳树断，仆地。一朝起立，生枝叶。有虫食其叶，成文字，曰："公孙[2]病已[3]立。"

注释：

1. 上林苑：古宫苑名。秦时始建，汉初荒废，汉武帝时重建。故址在今西安西。
2. 公孙：诸侯王子孙。
3. 病已：汉宣帝刘询原名病已。

狗冠

昭帝时，昌邑王贺[1]见大白狗冠方山冠[2]而无尾。至熹平中，省内冠狗带绶以为笑乐。有一狗突出，走入司空[3]府门。或见之者，莫不惊怪。京房《易传》曰："君不正，臣欲篡，厥妖狗冠出朝门。"

注释：

1. 昌邑王贺：刘贺，汉武帝之孙。

2. 方山冠：汉代宗庙祭祀时乐人戴的帽子。

3. 司空：官名。汉朝改御史大夫为大司空，与大司马、大司徒并称三公。

雌鸡化雄

汉宣帝黄龙元年，未央殿[1]辂軨[2]中雌鸡化为雄，毛衣变化，而不鸣，不将，无距[3]。元帝[4]初元元年，丞相府史家雌鸡伏子，渐化为雄，冠距鸣将。至永光中有献雄鸡生角者。《五行志》以为王氏之应。京房《易传》曰："贤者居明夷[5]之世，知时而伤，或众在位，厥妖鸡生角。"又曰："妇人专政，国不静，牝鸡[6]雄鸣，主不荣。"

注释：

1. 未央殿：未央宫。在今陕西西安汉长安城遗址内西南角。

2. 辂軨：豢养牲畜的厩棚。

3. 距：雄鸡腿后面突起的像脚趾一样的部位。

4. 元帝：即汉元帝刘奭，汉宣帝之子。

5. 明夷：卦名，即离下坤上。喻意昏君在上，现任遭受艰难而不得志。

6. 牝鸡：母鸡。代指擅权专政的女人。

范延寿断讼

宣帝之世,燕[1]、岱[2]之间,有三男共取一妇,生四子。及至将分妻子而不可均,乃致争讼。廷尉[3]范延寿断之曰:"此非人类,当以禽兽,从母不从父也。请戮三男,以儿还母。"宣帝嗟叹曰:"事何必古,若此,则可谓当于理而厌人情也。"延寿盖见人事而知用刑矣,未知论人妖将来之验也。

注释:

1. 燕:今河北一带。

2. 岱:古国名,在今河北蔚县东北。

3. 廷尉:官职名,主管刑狱。

天雨草

汉元帝永光二年八月,天雨草,而叶相樛(jiū)结[1],大如弹丸。至平帝[2]元始三年正月,天雨草,状如永光时。京房《易传》曰:"君吝于禄,信衰,贤去,厥妖天雨草。"

注释:

1. 樛结:纠缠连结。

2. 平帝:即汉平帝刘衎(kàn),汉元帝之孙。

断槐复立

元帝建昭五年，兖州刺史浩赏，禁民私所自立社。山阳[1]橐（tuó）茅乡社有大槐树，吏伐断之，其夜树复立故处。说曰："凡枯断复起，皆废而复兴之象也。"是世祖之应耳。

注释：

1. 山阳：古县名，故城在今河南修武。

鼠巢

汉成帝[1]建始四年九月，长安城南，有鼠衔黄藁[2]、柏叶，上民冢柏及榆树上为巢。桐柏[3]为多。巢中无子，皆有干鼠矢数升。

时议臣以为恐有水灾。鼠盗窃小虫，夜出昼匿。今正昼去穴而登木，象贱人将居贵显之占。桐柏，卫思后[4]园所在也，其后赵后[5]自微贱登至尊，与卫后同类。赵后终无子而为害。明年，有鸢[6]焚巢杀子之象云。京房《易传》曰："臣私禄罔干，厥妖鼠巢。"

注释：

1. 汉成帝：刘骜，西汉皇帝，汉元帝之子。

2. 黄藁：亦称"西芎""抚芎"。多年生草本植物，茎直而中空，根可入药。

3. 桐柏：地名，在今河南南阳。

4. 卫思后：汉武帝皇后，卫太子之母，巫蛊之祸后，卫思后被废自杀。

5. 赵后：即赵飞燕。

6. 鸢：鸷鸟，俗称鹞鹰、老鹰。

犬祸

成帝河平元年，长安男子石良、刘音相与同居。有如人状在其室中，击之，为狗，走出。去后，有数人披甲持弓弩至良家。良等格击，或死或伤，皆狗也。自二月至六月乃止。其于《洪范》[1]，皆犬祸，言不从之咎也。

注释：

1.《洪范》：《洪范五行传》。以阴阳五行变化来占卜吉凶，附会人事。

鸟焚巢

成帝河平元年二月庚子，泰山山桑谷[1]，有鸢焚其巢。男子孙通等闻山中群鸟鸢鹊声，往视之，见巢燃，尽堕池中，有三鸢鷇（kòu）[2]，烧死。树大四围，巢去地五丈五尺。《易》曰："鸟焚其巢，旅人先笑后号咷（táo）[3]。"后卒成易世之祸云。

注释：

1. 山桑谷：泰山中的山谷名。

2. 鷇：由母鸟哺食的幼鸟。

3. 号咷：放声大哭。

雨鱼

成帝鸿嘉四年秋，雨鱼于信都[1]，长五寸以下。至永始元年春，北海[2]出大鱼，长六丈，高一丈，四枚。哀帝[3]建平三年，东莱平度出大鱼，长八丈，高一丈一尺，七枚。皆死。灵帝熹平二年，东莱海[4]出大鱼二枚，长八九丈，高二丈余。京房《易传》曰："海数见巨鱼，邪人进，贤人疏。"

注释：

1. 信都：古县名，汉代置信都县。旧址在今河北衡水市冀州区。

2. 北海：秦汉后对塞北大泽的泛称。

3. 哀帝：即汉哀帝刘欣，汉元帝庶孙。

4. 东莱海：今渤海莱州湾。

木生人状

成帝永始元年二月，河南街邮樗树[1]生枝，如人头，眉目须皆具，亡发耳。至哀帝建平三年十月，汝南西平遂阳乡有材仆地生枝，如人形，身青黄色，面白，头有髭发[2]，稍长大，凡长六寸一分。京房易传曰："王德衰，下人将起，则有木生为人状。"其后有王莽之篡。

注释：

1. 樗树：即臭椿树。

2. 髭发：须发。

马出角

成帝绥和二年二月，大厩[1]马生角，在左耳前，围长各二寸。是时王莽为大司马，害上之萌，自此始矣。

注释：

1. 大厩：天子的马厩。

燕生雀

成帝绥和二年三月，天水平襄[1]有燕生雀，哺食至大，俱飞去。京房《易传》曰："贼臣在国，厥咎燕生雀，诸侯销[2]。"又曰："生非其类，子不嗣世。"

注释：

1. 平襄：古县名，在今甘肃通渭西北。
2. 销：衰败，衰残。

三足驹

汉哀帝建平三年，定襄[1]有牝马生驹三足，随群饮食，《五行志》以为：马，国之武用。三足，不任用之象也。

1. 定襄：古郡名，汉代置定襄郡。在今内蒙古和林格尔北。

僵树自立

哀帝建平三年，零陵[1]有树僵地，围一丈六尺，长十丈七尺，民断其本，长九尺余，皆枯，三月，树卒自立故处。京房《易传》曰："弃正，作淫，厥妖木断自属。妃后有颛，木仆，反立，断枯，复生。"

注释：
1. 零陵：古郡名，在今广西壮族自治区全州县西南。

儿啼腹中

哀帝建平四年四月，山阳方与女子田无啬生子。未生二月前，儿啼腹中，及生，不举，葬之陌上。后三日，有人过，闻儿啼声，母因掘收养之。

西王母传书

哀帝建平四年夏，京师郡国民聚会里巷阡陌[1]，设张博具[2]歌舞，祠西王母。又传书曰："母告百姓，佩此书者不死。不信我言，视门枢³下，当有白发。"至秋乃止。

注释：

1. 阡陌：乡间小路。

2. 博具：赌博游戏用具。

3. 门枢：门扇的转轴。

男化女

哀帝建平中，豫章有男子化为女子，嫁为人妇，生一子。长安陈凤曰："阳变为阴，将亡继嗣，自相生之象。"一曰："嫁为人妇，生一子者，将复一世乃绝。"故后哀帝崩，平帝没，而王莽篡焉。

人死复生

汉平帝元始元年二月，朔方¹广牧²女子赵春病死，既棺殓，积七日，出在棺外。自言见夫死父，曰："年二十七，汝不当死。"太守谭³以闻，说曰："至阴为阳，下人为上。厥妖人死复生。"其后王莽篡位。

注释：

1. 朔方：古郡名，西汉置朔方郡。治所在今内蒙古自治区杭锦旗北。

2. 广牧：古县名，治所在今内蒙古自治区五原县西南。

3. 谭：通"谈"。

人生两头

汉平帝元始元年六月，长安有女子生儿，两头两颈，面俱相向，四臂，共胸，俱前向，尻（kāo）[1]上有目，长二寸所。京房《易传》曰："'暌（kuí）孤[2]见豕负涂'，厥妖人生两头。下相攘善，妖亦同。人若六畜首目在下。兹谓亡上，政将变更。厥妖之作，以谴失正，各象其类。两颈，下不一也；手多，所任邪也。足少，下不胜任，或不任下也。凡下体生于上，不敬也；上体生于下，媟（xiè）渎[3]也；生非其类，淫乱也；人生而大，上速成也；生而能言，好虚也。群妖推此类。不改，乃成凶也。"

注释：
1. 尻：脊骨末端，臀部。
2. 暌孤：流浪在外的孤儿。
3. 媟渎：亵狎，亵慢。

三足乌

汉章帝[1]元和元年，代郡[2]高柳[3]乌生子，三足，大如鸡，色赤，头有角，长寸余。

106

注释：

1. 汉章帝：刘炟，汉明帝之子，东汉第三位皇帝。

2. 代郡：古郡名，战国时期赵国置代郡。郡治在今河北蔚县西南。

3. 高柳：代郡治所，故城在今山西阳高西南。

德阳殿蛇

汉桓帝[1]即位，有大蛇见德阳殿上。洛阳市令[2]淳于翼曰："蛇有鳞，甲兵之象也。见于省中，将有椒房[3]大臣受甲兵之象也。"乃弃官遁去。到延熹二年，诛大将军梁冀[4]，捕治家属，扬兵京师也。

注释：

1. 汉桓帝：汉章帝曾孙刘志。

2. 市令：官职名，主管集市相关事务。

3. 椒房：皇后居住的宫殿，后来用作后妃的代称。

4. 梁冀：字伯卓，在东汉王朝擅权近二十年，后为桓帝议灭，自杀。

雨肉

汉桓帝建和三年秋七月，北地[1]廉[2]雨肉，似羊肋，或大如手。是时梁太后[3]摄政，梁冀专权，擅杀，诛太尉李固[4]、杜乔[5]，天下冤之。其后，梁氏诛灭。

注释：

1. 北地：古郡名，秦代置北地郡。辖境在今陕西、甘肃、宁夏一带。

2. 廉：古县名，旧址在今宁夏平罗县崇岗镇暖泉村。

3. 梁太后：汉顺帝皇后，梁冀之妹。顺帝驾崩后，梁太后临朝摄政。

4. 李固：东汉大臣。汉冲帝时任太尉，梁冀擅权期间，因不依附梁冀而被诬杀。

5. 杜乔：东汉大臣。汉顺帝时任大司农，因不附梁冀，与李固同死于狱中。

梁冀妻妆

汉桓帝元嘉中，京都妇女作愁眉、啼妆、堕马髻、折腰步、龋齿笑。愁眉者，细而曲折。啼妆者，薄拭目下若啼处。堕马髻者，作一边。折腰步者，足不任下体。龋齿笑者，若齿痛，乐不欣欣。

始自大将军梁冀妻孙寿所为，京都翕（xī）然[1]，诸夏效之。天戒若日："兵马将往收捕。妇女忧愁，踧眉[2]啼哭；吏卒擎顿，折其腰脊，令髻邪倾；虽强语笑，无复气味也。"到延熹二年，冀举宗合诛。

注释：

1. 翕然：一样，一致。

2. 踧眉：皱眉，作忧愁状。

牛生鸡

桓帝延熹五年，临沅[1]县有牛生鸡，两头四足。

1. 临沅：古县名，故城在今湖南常德西。

赤厄三七

汉灵帝[1]数游戏于西园[2]中，令后宫采女为客舍主人，身为估服[3]，行至舍间，采女下酒食，因共饮食，以为戏乐。是天子将欲失位，降在皂隶之谣也。其后天下大乱。

古志有曰："赤厄[4]三七。"三七者，经二百一十载，当有外戚之篡。丹眉之妖。篡盗短祚（zuò）[5]，极于三六，当有飞龙之秀，兴复祖宗。又历三七，当复有黄首之妖，天下大乱矣。自高祖建业，至于平帝之末，二百一十年，而王莽篡，盖因母后之亲。

十八年而山东贼樊子都[6]等起，实丹其眉，故天下号曰"赤眉"。于是光武以兴祚，其名曰秀。至于灵帝中平元年，而张角[7]起，置三十六方，徒众数十万，皆是黄巾，故天下号曰"黄巾贼"。至今道服，由此而兴。初起于邺[8]，会于真定[9]，诳惑百姓曰："苍天已死，黄天立。岁名甲子年，天下大吉。"起于邺者，天下始业也，会于真定也。小民相向跪拜趋信。荆、扬尤甚。乃弃财产，流沉道路，死者无数。角等初以二月起兵，其冬十二月悉破。自光武中兴至黄巾之起，未盈二百一十年，而天下大乱。汉祚废绝，实应三七之运。

注释：

1. 汉灵帝：刘宏，汉章帝玄孙，东汉第十一位皇帝。

2. 西园：汉上林苑别称。

3. 估服：商贩穿的衣服。

4. 赤厄：指汉朝的厄运。

5. 短祚：表示皇帝在位年限很短。

6. 樊子都：樊崇，西汉末期琅邪（今山东诸城）人，赤眉起义领袖。

7. 张角：东汉巨鹿（今河北宁晋）人，太平道创始人，黄巾起义领袖。

8. 邺：古县名，故城在今河北临漳县城西南。

9. 真定：汉代国名，故城在今河北正定南。

长短衣裾

灵帝建宁中，男子之衣好为长服，而下甚短；女子好为长裾，而上甚短。是阳无下而阴无上，天下未欲平也。后遂大乱。

夫妻相食

灵帝建宁三年春，河内¹有妇食夫，河南有夫食妇。夫妇阴阳二仪，有情之深者也，今反相食。阴阳相侵，岂特日月之眚（shěng）²哉。灵帝既没，天下大乱，君有妄诛之暴，臣有劫弑³之逆，兵革相残，骨肉为仇，生民之祸极矣。故人妖为之先作。而恨不遭辛有⁴、屠黍⁵之论，以测其情也。

注释：

1. 河内：古郡名，汉代置河内郡。指黄河以北的地区。

2. 眚：日月相蚀，亦指异端、灾祸。

3. 弑：杀。古代卑杀尊，幼杀长，臣杀君，子女杀父母用"弑"。

4. 辛有：周朝大夫。

5. 屠黍：晋国太史，晋乱而奔周。

寺壁黄人

灵帝熹平二年六月，洛阳民讹言，虎贲寺东壁中，有黄人，形容须眉良是。观者数万，省内悉出，道路断绝。到中平元年二月，张角兄弟起兵冀州，自号"黄天"。三十六方，四面出和。将帅星布，吏士外属。因其疲馁[1]牵而胜之。

注释：
1. 馁：饥饿。

木不曲直

灵帝熹平三年，右校[1]别作[2]中有两樗树，皆高四尺许。其一枝宿昔[3]暴长，长一丈余，粗大一围[4]，作胡人状，头目鬓须发俱具。其五年十月壬午，正殿侧有槐树，皆六七围，自拔，倒竖，根上枝下。又中平中，长安城西北六七里，空树中，有人面，生鬓。其于《洪范》皆为木不曲直[5]。

注释：
1. 右校：官署名，古代掌管工徒的机构。
2. 别作：附属的作坊。
3. 宿夕：犹同旦夕，表示时间很短。

4. 围：古代计算周长的约略单位。
5. 木不曲直：木的本性或曲或直。树木生长不茂盛，多折损、枯槁，为变怪而失其本性，称为"木不曲直"。

雌鸡化雄

灵帝光和元年，南宫[1]侍中寺[2]雌鸡欲化为雄，一身毛皆似雄，但头冠尚未变。

注释：
1. 南宫：秦、汉宫殿名，故址在今河南洛阳东。
2. 侍中寺：侍中为古代在正规官职外的加官之一，寺为其所在官舍。

儿生两头

灵帝光和二年，洛阳上西门外女子生儿：两头，异肩，共胸，俱前向。以为不祥，堕地，弃之。自是之后，朝廷霾乱，政在私门[1]，上下无别，二头之象。后董卓[2]戮太后。被以不孝之名，放废天子，后复害之，汉元[3]以来，祸莫逾此。

注释：
1. 私门：权贵。
2. 董卓：东汉末年少帝、献帝在位时的权臣。董卓废少帝而更立献帝刘协，后迁何太后于永乐宫，借故杀死少帝，毒死何太后。最终，董卓为吕布所杀。

112

3. 元：开端，建国。

梁伯夏后

  光和四年，南宫中黄门[1]寺有一男子，长九尺，服白衣。中黄门解步呵问："汝何等人？白衣妄入宫掖[2]！"曰："我梁伯夏后。天使我为天子。"步欲前收之，因忽不见。

注释：
1. 中黄门：指在宫内供职的太监。
2. 宫掖：指皇宫。

草作人状

  光和七年，陈留、济阳、长垣、济阴、东郡[1]、冤句[2]、离狐[3]界中，路边生草，悉作人状，操持兵弩；牛马龙蛇鸟兽之形，白黑各如其色，羽毛、头、目、足、翅皆备，非但仿佛，像之尤纯。旧说曰："近草妖也。"是岁有黄巾贼起，汉遂微弱。

注释：
1. 东郡：古郡名，治所在今河南濮阳。
2. 冤句：古县名，今山东菏泽地区最古老的地名之一，因黄河水患，故址无存。
3. 离狐：古县名，故城在今山东菏泽牡丹区西北。

两头共身

灵帝中平元年六月壬申，洛阳男子刘仓，居上西门外，妻生男，两头共身。至建安中，女子生男，亦两头共身。

怀陵雀

中平三年八月中，怀陵[1]上有万余雀，先极悲鸣，已因乱斗，相杀，皆断头悬着树枝枳（zhǐ）棘[2]。到六年，灵帝崩。夫陵者，高大之象也；雀者，爵也。天戒若曰："诸怀爵禄而尊厚者，还自相害，至灭亡也。"

注释：

1. 怀陵：汉冲帝刘昺之墓。冲帝两岁继位，三岁病亡。
2. 枳棘：枳树与棘树，因多刺而被称为恶木，多用来比喻恶人或小人。

傀儡挽歌

汉时，京师宾婚嘉会，皆作魁儡（lěi）[1]，酒酣之后，续以挽歌。魁儡，丧家之乐；挽歌，执绋（fú）[2]相偶和之者。天戒若曰："国家当急殄悴（tiǎn cuì）[3]，诸贵乐皆死亡也。"自灵帝崩后，京师坏灭，户有兼尸虫而相食者，"魁儡""挽歌"斯之效乎？

注释：

1. 魁欙：即傀儡，木偶戏。

2. 绋：泛指牵引棺材的绳子。

3. 殄悴：穷苦，穷困。

京师童谣

灵帝之末，京师谣言曰："侯非侯，王非王，千乘万骑上北邙（Máng）[1]。"到中平六年，史侯[2]登蹑至尊，献帝未有爵号，为中常侍段珪等所执，公卿百僚，皆随其后，到河上，乃得还。

注释：

1. 北邙：即邙山，因在洛阳北而称北邙。

2. 史侯：即汉少帝刘辩。初养于道人史予助家，故号史侯。

桓氏复生

汉献帝初平中，长沙有人姓桓氏，死，棺敛月余，其母闻棺中有声，发之，遂生。占曰："至阴为阳，下人为上。"其后曹公由庶士[1]起。

注释：

1. 庶士：杂佐小吏。

115

建安人妖

献帝建安七年，越巂（xī）[1]有男子化为女子，时周群[2]上言："哀帝时亦有此变，将有易代之事。"至二十五年，献帝封山阳公[3]。

注释：

1. 越巂：古郡名，汉代置越巂郡。旧址在今四川西昌地区。
2. 周群：蜀臣，被蜀人称为"后贤"。
3. 山阳公：汉献帝建安二十五年，曹丕篡位，废汉献帝为山阳公。

荆州童谣

建安初，荆州童谣曰："八九年间始欲衰，至十三年无孑遗。"言自中兴[1]以来，荆州独全；及刘表[2]为牧[3]，民又丰乐；至建安九年，当始衰。始衰者，谓刘表妻死，诸将并零落也。十三年无孑遗者，表当又死，因以丧败也。

是时华容[4]有女子，忽啼呼曰："将有大丧。"言语过差，县以为妖言，系狱。月余，忽于狱中哭曰："刘荆州今日死。"华容去州数百里，即遣马吏验视，而刘表果死。县乃出之。续又歌吟曰："不意李立为贵人。"后无几，曹公平荆州，以涿郡李立（字建贤）为荆州刺史。

注释：

1. 中兴：即光武中兴，光武帝刘秀重建刘汉政权。
2. 刘表：山阳郡高平人，汉末群雄之一。
3. 牧：指郡国或州郡长官。
4. 华容：古县名，西汉置华容县。在今湖北潜江市西南。

树出血

建安二十五年正月，魏武[1]在洛阳起建始殿，伐濯龙[2]树而血出。又掘徙梨，根伤而血出。魏武恶之，遂寝疾，是月崩。是岁，为魏文黄初元年。

注释：

1. 魏武：曹操。
2. 濯龙：汉代宫殿名，在今河南洛阳西南角。

燕巢生鹰

魏黄初元年，未央宫中有鹰生燕巢中，口爪俱赤。至青龙[1]中，明帝为凌霄阁，始构[2]，有鹊巢其上。帝以问高堂隆[3]，对曰："《诗》[4]云：'惟鹊有巢，惟鸠居之。'今兴起宫室，而鹊来巢，此宫室未成，身不得居之象也。"

注释：

1. 青龙：魏明帝曹叡年间。
2. 构：构建，建造。
3. 高堂隆：字昇平，平阳（今山东新泰）人。魏明帝时任散骑常侍。
4. 《诗》：《诗经》。中国最早诗歌总集，收集了西周初年至春秋中叶的诗歌，共311篇。

妖马

魏齐王 [1] 嘉平初，白马河 [2] 出妖马，夜过官牧边鸣呼，众马皆应。明日，见其迹，大如斛（hú）[3]，行数里，还入河。

注释：

1. 魏齐王：曹芳，魏明帝曹叡养子。
2. 白马河：水名，在今河北饶阳县南。
3. 斛：古代计量单位，十斗为一斛。

燕生巨毂

魏景初元年，有燕生巨毂于卫国李盖家，形若鹰，吻似燕。高堂隆曰："此魏室之大异，宜防鹰扬 [1] 之臣于萧墙 [2] 之内。"其后宣帝 [3] 起，诛曹爽，遂有魏室。

注释：

1. 鹰扬：形容威风凛凛的样子，后用作武官名号。
2. 萧墙：古代宫室内作为屏障的矮墙。借指内部。
3. 宣帝：司马懿。司马炎称帝后，追封司马懿为晋宣帝。

谯周书柱

蜀景耀 [1] 五年，宫中大树无故自折。谯（qiáo）周深忧之，无所与言，乃书柱曰："众而大，期之会。具而授，若何复？"言曹者，众也；魏者，大也。众而大，天下其当会也。具而授，如何复有立者乎？蜀既亡，咸以周言为验。

注释：

1. 景耀：蜀后主刘禅年号。

孙权死征

吴孙权太元元年八月朔[1]，大风，江海涌溢，平地水深八尺，拔高陵[2]树二千株，石碑差动，吴城两门飞落。明年，权死。

注释：

1. 朔：旧历的每月初一。
2. 高陵：孙坚墓，在今江苏丹阳西。

孙亮草妖

吴孙亮[1]五凤元年六月，交阯（zhǐ）稗（bài）草[2]化为稻。昔三苗[3]将亡，五谷变种。此草妖也。其后亮废。

注释：

1. 孙亮：三国时期吴国第二位皇帝，后被孙綝废为会稽王。
2. 稗草：植物名。叶子像稻，食如黍米，可食用，可作饲料。

3. 三苗：古国名，辖境在今江淮、荆州一带。

大石自立

吴孙亮五凤二年五月，阳羡县离里山大石自立。是时孙皓[1]承废故之家，得复其位之应也。

注释：
1. 孙皓：三国时期吴国末代皇帝，后降西晋，封归命侯。

陈焦复生

吴孙休永安四年，安吴民陈焦死七日，复生，穿冢出。乌程孙皓承废故之家得位之祥也。

孙休服制

孙休后，衣服之制，上长，下短，又积领[1]五六，而裳[2]居一二。盖上饶奢，下俭逼，上有余，下不足之象也。

注释：
1. 领：用于计算衣服、铠甲等的量词。
2. 裳：指下身穿的衣裙。

・

卷七

开石文字

初，汉元、成之世，先识之士有言曰："魏年有和[1]，当有开石于西三千余里，系五马，文曰'大讨曹'。"及魏之初兴也，张掖之柳谷有开石焉。始见于建安[2]，形成于黄初[3]，文备于太和[4]，周围七寻[5]，中高一仞[6]，苍质素章，龙马、鳞鹿[7]、凤皇、仙人之象，粲然咸著。此一事者，魏、晋代兴之符也。至晋泰始[8]三年，张掖太守焦胜上言："以留郡本国图[9]校今石文，文字多少不同。谨具图上。"案其文有五马象：其一，有人平上帻（zé）[10]，执戟而乘之；其一有若马形而不成。其字有"金"，有"中"，有"大司马"，有"王"，有"大吉"，有"正"，有"开寿"；其一成行，曰"金当取之"。

注释：

1. 和：此处为附和魏明帝曹叡的年号"太和"。

2. 建安：东汉末年汉献帝年号。

3. 黄初：三国时期魏文帝曹丕年号。

4. 太和：三国时期魏明帝曹叡年号。

5. 寻：古代的长度单位，八尺为一寻。

6. 仞：古代的长度单位，七尺或八尺为一仞。

7. 鳞鹿：此处指神兽麒麟。

8. 泰始：晋武帝司马炎年号。

9. 留郡本国图：指高堂隆《张掖郡玄石图》。

10. 帻：古代包扎发髻的头巾。

西晋祸征

晋武帝泰始初，衣服上俭下丰，着衣者皆厌腰[1]。此君衰弱，臣放纵之象也。至元康末，妇人出两裆，加乎交领[2]之上。此内出外也。为车乘者，苟贵轻细，又数变易其形，皆以白篾（miè）为纯（zhǔn）[3]。盖古丧车之遗象，晋之祸征也。

注释：

1. 厌腰：束腰。

2. 交领：古代叠交于胸前的衣领。

3. 纯：镶边。

翟器翟食

胡床[1]，貃（mò）盘[2]，翟[3]之器也。羌煮[4]，貃炙，翟之食也。自晋武帝泰始以来，中国尚[5]之。贵人富室，必畜其器。吉享嘉宾，皆以为先。戎翟侵中国之前兆也。

注释：

1. 胡床：又称交床，一种可折叠的轻便坐具。

2. 貃盘：古代貃族用来盛食物的容器。

3. 翟：通"狄"，秦汉以后对少数民族的泛称。

4. 羌煮：古代西北少数民族的一种食物，用鹿头与猪肉等煮成。

5. 尚：追捧，盛行。

蟛蚑化鼠

晋太康四年，会稽郡蟛蚑（péng qí）[1] 及蟹，皆化为鼠。其众覆野。大食稻，为灾。始成，有毛肉而无骨，其行不能过田塍（chéng）[2]，数日之后，则皆为牝（pìn）[3]。

注释：

1. 蟛蚑：又作"蟛蜞"。似蟹，体小，螯足无毛，红色。多生于近海地区江河沼泽的泥淖里。
2. 田塍：田埂。
3. 牝：雌性。

太康二龙

太康五年正月，二龙见武库井中。武库[1] 者，帝王威御之器所宝藏也。屋宇邃密，非龙所处。是后七年，藩王相害；二十八年，果有二胡[2] 僭窃神器，皆字曰"龙"。

注释：

1. 武库：古代储存兵器的仓库。
2. 二胡：两个胡人，指石勒（字世龙）、石虎（字季龙）。

两足虎

晋武帝太康六年，南阳获两足虎。虎者，阴精而居乎阳，金兽也。南阳，火名也。金精入火，而失其形，王室乱之妖也。其七年十一月丙辰，四角兽见于河间[1]。天戒若曰："角，兵象也。四者，四方之象。当有兵革起于四方。"后河间王遂连四方之兵，作为乱阶。

注释：
1. 河间：郡国名。战国时期赵国置河间郡。

死牛头语

太康九年，幽州塞北有死牛头语。时帝多疾病，深以后事为念，而付托不以至公，思瞀（mào）乱[1]之应也。

注释：
1. 瞀乱：昏乱。

武库飞鱼

太康中，有鲤鱼二枚，现武库屋上。武库，兵府；鱼有鳞甲，亦是兵之类也。鱼既极阴，屋上太阳，鱼现屋上，象至阴以兵革之祸干太阳也。及惠帝初，诛皇后父杨骏[1]，矢交宫阙，废后为庶人，死于幽宫。元康之末，而贾后[2]专制，谤杀太子，寻亦诛废。十年之间，母后之难再兴，是其应也。自是祸乱构矣。京房《易妖》曰："鱼去水，飞入道路，兵且作。"

注释：

1. 杨骏：字文长，晋武帝皇后之父。晋惠帝时，总揽朝政，后被杀。
2. 贾后：晋惠帝皇后，贾充之女。后专擅朝政，被赵王司马伦赐死。

方头屐

初作屐者，妇人圆头，男子方头。盖作意欲别男女也。至太康中，妇人皆方头屐，与男无异，此贾后专妒之征也。

撷子髻

晋时，妇人结发者，既成，以缯（zēng）急束其环，名曰"撷子髻"。始自宫中，天下翕然化之也。其末年，遂有怀、愍（mǐn）之事[1]。

注释：

1. 怀、愍之事：指晋怀帝、晋愍帝被前赵刘曜俘虏杀害一事。

晋世宁舞

太康中，天下为《晋世宁》之舞。其舞，抑手以执杯盘而反覆之。歌曰："晋世宁，舞杯盘。"反覆，至危也。杯盘，酒器也。而名曰"晋世宁"者，言时人苟且饮食之间，而其智不可及远，如器在手也。

毡络头

太康中，天下以毡为络（mò）头[1]及络带[2]、裤口。于是百姓咸相戏曰："中国其必为胡所破也。"夫毡，胡之所产者也，而天下以为络头，带身，裤口。胡既三制之矣，能无败乎？

注释：
1. 络头：古代男子束发的头巾。
2. 络带：腰带。

折杨柳歌

太康末，京洛为《折杨柳》之歌。其曲始有兵革苦辛之辞，终以擒获斩截之事。自后杨骏被诛，太后幽死，《杨柳》之应也。

辽东马

晋武帝太熙元年，辽东有马生角，在两耳下，长三寸。及帝晏驾[1]，王室毒于兵祸。

注释：

1. 晏驾：驾崩。古代称皇帝死亡的讳辞。

妇人兵饰

晋惠帝[1]元康中，妇人之饰有五佩兵。又以金、银、象角、玳瑁之属，为斧、钺、戈、戟而载之，以当笄（jī）[2]。男女之别，国之大节，故服食异等。今妇人而以兵器为饰，盖妖之甚者也。于是遂有贾后之事。

注释：

1. 晋惠帝：司马衷，晋武帝司马炎之子，西晋第二位皇帝。
2. 笄：簪。

钟出涕

晋元康三年闰二月，殿前六钟皆出涕，五刻[1]乃止。前年贾后杀杨太后于金墉城[2]，而贾后为恶不悛（quān）[3]，故钟出涕，犹伤之也。

一身二体

惠帝之世，京洛有人一身而男女二体，亦能两用人道[1]，而性尤好淫。天下兵乱，由男女气乱，而妖形作也。

注释：

1. 人道：男女交欢。

安丰女子

惠帝元康中，安丰[1]有女子曰周世宁，年八岁，渐化为男。至十七八，而气性成。女体化而不尽，男体成而不彻，畜妻而无子。

注释：

1. 安丰：古郡名，治所在今安徽霍邱县城关镇许集村。

临淄大蛇

元康五年三月，临淄有大蛇，长十许丈，负二小蛇，入城北门，径从市入汉城阳景王祠[1]中，不见。

注释：

1.阳景王祠：汉城阳王刘章的祠庙。刘章因诛灭吕氏有功，而封城阳王。

吕县流血

元康五年三月，吕县有流血，东西百余步，其后八载，而封云[1]乱徐州，杀伤数万人。

注释：

1.封云：西晋末年张昌起义军的将领。

雷破高禖石

元康七年，霹雳破城南高禖[1]石。高禖，宫中求子祠也。贾后妒忌，将杀怀、愍，故天怒贾后将诛之应也。

注释：

1.高禖：指媒神。

乌杖柱掖

元康中，天下始相效为乌杖，以柱掖[1]。其后稍施其镦（duì）[2]，住则植之。及怀、愍之世，王室多故，而中都[3]丧败，元帝[4]以藩臣树德东方，维持天下，柱掖之应也。

注释：

1. 柱掖：支撑，扶助。

2. 镦：矛、戟等柄末端的平底金属套。

3. 中都：西晋故都洛阳。

4. 元帝：东晋开国皇帝司马睿。

贵游倮身

元康中，贵游[1]子弟相与为散发倮（luǒ）身之饮，对弄婢妾。逆之者伤好，非之者负讥，希世[2]之士，耻不与焉。胡狄侵中国之萌也。其后遂有二胡之乱[3]。

注释：

1. 贵游：古代无官职的王公贵族。

2. 希世：迎合世俗。

3. 二胡之乱：指永嘉之乱。晋怀帝永嘉年间，自称汉王的匈奴刘渊遣石勒等出兵洛阳，掳走怀帝，杀士民三万余人。

浮石登岸

惠帝太安元年，丹阳湖熟县夏架湖，有大石浮二百步而登岸。百姓惊叹，相告曰："石来！"寻而石冰[1]入建邺。

注释：

1. 石冰：西晋末张昌起义军将领。

贱人入禁

太安元年四月，有人自云龙门[1]入殿前，北面再拜，曰："我当作中书监[2]。"即收斩之。禁庭尊秘之处，今贱人竟入，而门卫不觉者，宫室将虚，下人逾上之妖也。是后帝迁长安[3]，宫阙遂空焉。

注释：

1. 云龙门：晋都洛阳宫殿门名。
2. 中书监：官职名。三国时期魏国始置，与中书令职务相等。
3. 帝迁长安：永嘉之乱，晋怀帝被掳走后，晋国群臣拥立居于长安的司马邺为太子。

牛能言

太安中，江夏[1]功曹张骋所乘牛忽言曰："天下方乱，吾甚极为，乘我何之？"骋及从者数人皆惊怖。因绐（dài）[2]之曰："令汝还，勿复言。"乃中道还。至家，未释驾，又言曰："归何早也？"骋益忧惧，秘而不言。安陆县³有善卜者，骋从之卜。卜者曰："大凶。非一家之祸，天下将有兵起。一郡之内，皆破亡乎！"

骋还家，牛又人立而行，百姓聚观。其秋张昌⁴贼起。先略江夏，诳曜（kuáng yào）⁵百姓以汉祚复兴，有凤凰之瑞，圣人当世。从军者皆绛抹头，以彰火德之祥，百姓波荡，从乱如归。骋兄弟并为将军都尉。未几而败。于是一郡破残，死伤过半，而骋家族矣。京房《易妖》曰："牛能言，如其言占吉凶。"

注释：

1. 江夏：古郡名，晋代改江夏郡为武昌郡。

2. 绐：欺骗。

3. 安陆县：古县名，即今湖北安陆。

4. 张昌：西晋时期农民起义军首领，后起义失败被杀。

5. 诳曜：欺骗迷惑。

败屦聚道

元康、太安之间，江、淮之域，有败屦（juē）¹自聚于道，多者至四五十量²。人或散去之，投林草中，明日视之，悉复如故。或云："见猫衔而聚之。"世之所说："屦者，人之贱服。而当劳辱下民之象也。败者，疲弊之象也。道者，地理四方所以交通，王命所由往来也。今败屦聚于道者，象下民疲病，将相聚为乱，绝四方而壅王命也。"

注释：

1. 败屦：草鞋。

2. 量：量词，双。

戟锋火光

晋惠帝永兴元年，成都王[1]之攻长沙也，反军于邺，内外陈兵。是夜，戟锋皆有火光，遥望如悬烛，就视则亡焉。其后终以败亡。

注释：

1. 成都王：晋武帝第十六子司马颖。

万详婢

晋怀帝永嘉元年，吴郡吴县万详婢生一子，鸟头，两足，马蹄，一手，无毛，尾黄色，大如碗。

严根婢

永嘉五年，枹罕[1]令严根婢，产一龙，一女，一鹅。京房《易传》曰："人生他物，非人所见者，皆为天下大兵。"时帝承惠帝之后，四海沸腾[2]，寻而陷于平阳，为逆胡所害。

注释：
1. 枹罕：古县名，县治在今甘肃临夏县新集乡。
2. 沸腾：比喻社会动荡。

狗作人言

永嘉五年，吴郡嘉兴张林家，有狗忽作人言曰："天下人俱饿死。"于是果有二胡之乱，天下饥荒焉。

延陵鼹鼠

永嘉五年十一月，有鼹（yǎn）鼠[1]出延陵，郭璞筮之，遇"临"之"益"。曰："此郡之东县，当有妖人欲称制[2]者。寻亦自死矣。"

注释：
1. 鼹鼠：即鼹鼠。
2. 称制：即位称帝。

辛螫之木

永嘉六年正月，无锡[1]县歔（xū）[2]有四枝茱萸树，相樛（jiū）[3]

136

而生，状若连理。先是，郭璞筮延陵蝘鼠，遇"临"之"益"，曰："后当复有妖树生，若瑞而非，辛螫（shì）[4]之木也。傥有此，东西数百里，必有作逆者。"及此生木，其后吴兴徐馥[5]作乱，杀太守袁琇。

注释：

1. 无锡：秦代置无锡县，沿用至今。在今江苏无锡。

2. 欻：忽然。

3. 樛：纠缠，连结。

4. 辛螫：毒害，残害。

5. 徐馥：吴兴郡功曹，聚众作乱，杀太守袁琇，后为部下所杀。

豕生人

永嘉中，寿春[1]城内有豕生人，两头而不活。周馥[2]取而观之。识者云："豕，北方畜，胡狄象。两头者，无上也。生而死，不遂也。天戒若曰，易生专利之谋，将自致倾覆也。"俄为元帝所败。

注释：

1. 寿春：古邑名，故城在今安徽寿县寿春镇。

2. 周馥：字祖实。晋怀帝时为镇东将军。晋元帝时因不受东海王征召，而被击溃。后为新蔡工司马确所囚，忧愤而死。

生笺单衣

永嘉中，士大夫[1]竞服生笺单衣[2]。识者怪之，曰："此古穗衰（suì cuī）[3]之布，诸侯所以服天子也。今无故服之，殆有应乎！"其后怀、愍晏驾。

注释：

1. 士大夫：士族。

2. 生笺单衣：用细且稀疏的麻布做成的单衣。

3. 穗衰：指古代五月之丧。

无颜帢

昔魏武军中无故作白帢（qià）[1]，此缟（gǎo）素[2]凶丧之征也。初，横缝其前以别后，名之曰"颜帢"，传行之。至永嘉之间，稍去其缝，名"无颜帢，"而妇人束发，其缓弥甚，髻（jì）[3]之坚不能自立，发被于额，目出而已。无颜者，愧之言也。覆额者，惭之貌也。其缓弥甚者，言天下亡礼与义，放纵情性，及其终极，至于大耻也。其后二年，永嘉之乱，四海分崩，下人悲难，无颜以生焉。

注释：

1. 白帢：便帽。

2. 缟素：白色丧服。

3. 髻：束发。

任乔妻

晋愍帝建兴四年，西都倾覆，元皇帝始为晋王，四海宅心[1]。其年十月二十二日，新蔡[2]县吏任乔妻胡氏年二十五，产二女，相向，腹心合，自腰以上，脐以下，各分。此盖天下未一之妖也。

时内史[3]吕会上言："按《瑞应图》[4]云：'异根同体，谓之连理。异亩[5]同颖，谓之嘉禾。'草木之属，犹以为瑞；今二人同心，天垂灵象。故《易》云：'二人同心，其利断金。'休显[6]见生于陕东之国，盖四海同心之瑞。不胜喜跃。谨画图上。"

时有识者哂（shěn）[7]之。君子曰："知之难也。以臧文仲[8]之才，犹祀爰居焉。布在方册，千载不忘。故士不可以不学。古人有言：'木无枝谓之瘣（huì）[9]，人不学谓之瞽（gǔ）[10]。'当其所蔽，盖阙如[11]也。可不勉乎？"

注释：

1. 宅心：归心，归顺。

2. 新蔡：地名，春秋时期蔡国迁都于此而得名。秦代置新蔡县，至今沿用。

3. 内史：官职名，掌管民政。

4. 《瑞应图》：应为古代绘制的讲解祥瑞祸福的图集。

5. 亩：通"母"，本源。

6. 休显：天降祥瑞。

7. 哂：讥笑。

8. 臧文仲：春秋时期鲁国大夫，因贤良闻名。

9. 瘣：内凶成病。

10. 瞽：盲人。

11. 阙如：存疑不言，空缺不书。

淳于伯冤死

晋元帝[1]建武元年六月，扬州大旱；十二月，河东地震。去年十二月，斩督运令史[2]淳于伯，血逆流上柱二丈三尺，旋复下流四尺五寸。是时淳于伯冤死，遂频旱三年。刑罚妄加，群阴不附，则阳气胜之罚，又冤气之应也。

注释：

1. 晋元帝：东晋开国皇帝司马睿。
2. 督运令史：官职名。监督漕运的官员。

两头牛

晋元帝建武元年七月，晋陵[1]东门有牛生犊，一体两头。京房《易传》曰："牛生子二首一身，天下将分之象也。"

注释：

1. 晋陵：古县名。故城在今江苏常州。

地震涌水

元帝太兴元年四月，西平[1]地震，涌水出。十二月，庐陵、豫章、武昌、西陵[2]地震，涌水出，山崩。此王敦[3]陵上之应也。

牛生怪犊

太兴元年三月，武昌太守王谅有牛生子，两头，八足，两尾，共一腹。不能自生，十余人以绳引之。子死，母活。其三年后，苑中有牛生子，一足三尾，生而即死。

两头驹

太兴二年，丹阳郡吏濮阳演马生驹，两头，自项前别。生而死。此政在私门二头之象也。其后王敦陵上。

太兴初女子

太兴初，有女子其阴在腹，当脐下。自中国来至江东[1]。其性淫而不产。又有女子，阴在首，居在扬州，亦性好淫。京房《易妖》曰："人生子，阴在首，则天下大乱。若在腹，则天下有事。若在背，则天下无后。"

注释：
1. 江东：长江在安徽芜湖至南京间作西南、东北流向。习惯上将自此以下的长江南岸地区称为江东。

武昌火灾

太兴中，王敦镇武昌，武昌灾。火起，兴众救之，救于此，而发于彼，东西南北数十处俱应，数日不绝。旧说所谓"滥灾妄起，虽兴师不能救之"之谓也。此臣而行君，亢（kàng）阳[1]失节。是时王敦陵上，有无君之心，故灾也。

注释：
1. 亢阳：极盛的阳气。

绛囊缚髻

太兴中，兵士以绛囊缚髻。识者曰："髻在首，为乾，君道也。囊者，为坤，臣道也。今以朱囊缚髻，臣道侵君之象也。"为衣者，上带短，才至于掖；着帽者，又以带缚项，下逼上，上无地也。为袴者，直幅无口，无杀，下大之象也。寻而王敦谋逆，再攻京师。

仪仗生花

太兴四年，王敦在武昌，铃下仪仗生花，如莲花，五六日萎落。说曰："《易》说：'枯杨生花，何可久也？'今狂花[1]生枯木，又在铃阁[2]之间，言威仪之富，荣华之盛，皆如狂花之发，不可久也。"其后王敦终以逆，命加戮其尸。

注释：

1. 狂花：不按时令盛放的花。

2. 铃阁：翰林院以及将帅或州郡长官办事的场所。

长柄羽扇

旧为羽扇柄者，刻木象其骨形，列羽用十，取全数也。初，王敦南征，始改为长柄，下出，可捉。而减其羽，用八。识者尤之曰："夫羽扇，翼之名也。创为长柄，将执其柄以制其羽翼也。改十为八，将未备夺已备也。此殆敦之擅权，以制朝廷之柄，又将以无德之材，欲窃非据[1]也。"

注释：

1. 非据：指非分占据的职位。

武昌大蛇

晋明帝[1]太宁初，武昌有大蛇，常居故神祠空树中，每出头从人受食。京房《易传》曰："蛇见于邑，不出三年，有大兵，国有大忧。"寻有王敦之逆。

注释：

1. 晋明帝：东晋第二位皇帝司马绍。

卷八

舜得玉历

虞舜耕于历山，得玉历[1]于河际之岩。舜知天命在己，体道不倦。舜，龙颜大口，手握褒。宋均[2]注曰："握褒，手中有'褒'字，喻从劳苦受褒饬致大祚也。"

注释：

1. 玉历：此处指国运。
2. 宋均：东汉末期南阳人，经学家郑玄的弟子，为魏博士。

汤祷桑林

汤[1]既克夏，大旱七年，洛川[2]竭。汤乃以身祷于桑林，剪其爪、发，自以为牺牲[3]，祈福于上帝。于是大雨即至，洽于四海。

注释：

1. 汤：商族首领，后起兵灭夏，建立商王朝。
2. 洛川：洛水，今河南洛河。
3. 牺牲：祭品。

吕望垂钓

吕望[1]钓于渭阳。文王出游猎，占曰："今日猎得一兽，非龙非螭（chī）[2]，非熊非罴（pí）[3]。合得帝王师。"果得太公于渭之阳，与语，大悦，同车载而还。

注释：

1. 吕望：即姜尚，字子牙，辅佐周文王、周武王灭商建周。
2. 螭：传说中一种无角的龙。
3. 罴：熊的一种。俗称人熊、马熊。

武王定风波

武王伐纣，至河上。雨甚，疾雷，晦冥，扬波于河。众甚惧。武王曰："余在，天下谁敢干余者？"风波立济。

孔子夜梦

鲁哀公十四年，孔子夜梦三槐之间[1]，丰[2]、沛[3]之邦，有赤氤（yīn）[4]气起，乃呼颜回、子夏同往观之。驱车到楚西北范氏街，见刍儿打鳞，伤其左前足，束薪而覆之。孔子曰："儿来！汝姓为谁？"儿曰："吾姓为赤松，名时乔，字受纪。"孔子曰："汝岂有所见乎？"儿曰："吾所见一禽，如麇（jūn）[5]，羊头，头上有角，其末有肉。方以是西走。"孔子曰："天下已有主也。为赤刘，陈、项为辅。五星入井，从岁星。"儿发薪下鳞示孔子。孔子趋而往。鳞向孔子，蒙其耳，吐三卷图，广三寸，长八寸，每卷二十四字。其言赤刘当起日："周亡，赤气起，火耀兴，玄丘[6]制命，帝卯金[7]。"

注释：

1. 三槐之间：相传周朝宫殿外有三棵槐树，此处借三槐代周朝宫廷。

2. 丰：古县名，汉代置丰县。即今江苏丰县。

3. 沛：古县名，战国时期楚国置沛县。即今江苏沛县。

4. 氤：烟气。

5. 麝：獐子。

6. 玄丘：指孔丘。古人奉孔子为"玄圣"。

7. 卯金：即"刘"。

赤虹化玉

孔子修《春秋》[1]，制《孝经》[2]。既成，斋戒，向北辰而拜，告备于天。天乃洪郁[3]起白雾，摩地，赤虹自上而下，化为黄玉，长三尺，上有刻文。孔子跪受而读之，日："宝文出，刘季握。卯金刀，在轸北。字禾子，天下服。"

注释：

1. 《春秋》：相传为孔子依据鲁国史书编纂而成的编年体春秋史，后被奉为儒家经典。

2. 《孝经》：相传为孔子所作，实则为七十子所作，是儒家经典之一。

3. 洪郁：云气大量聚集。

陈宝祠

秦穆公时，陈仓[1]人掘地得物，若羊非羊，若猪非猪。牵以献穆公，道逢二童子。童子曰："此名为媪。常在地食死人脑。若欲杀之，以柏插其首。"媪曰："彼二童子名为陈宝。得雄者王，得雌者伯。"

陈仓人舍媪逐二童子，童子化为雉，飞入平林。陈仓人告穆公，穆公发徒大猎，果得其雌。又化为石，置之汧（qiān）[2]、渭之间。至文公时，为立祠名陈宝。其雄者飞至南阳。今南阳雉县，是其地也。秦欲表其符，故以名县。每陈仓祠时有赤光长十余丈，从雉县来，入陈仓祠中，有声殷殷如雄雉。其后，光武起于南阳。

注释：

1. 陈仓：古县名，在今陕西宝鸡东。
2. 汧：水名，渭水支流。今名千水。

邢史子臣

宋大夫邢史子臣明于天道[1]。周敬王[2]之三十七年，景公问曰："天道其何祥？"对曰："后五十年五月丁亥，臣将死。死后五年五月丁卯，吴将亡。亡后五年，君将终。终后四百年，邾（zhū）王[3]天下。"俄而皆如其言所云。邾王天下者，谓魏之兴也。邾，曹姓，魏亦曹姓，皆邾之后。其年数则错。未知邢史失其数耶？将年代久远，注记者传而有谬也？

荧惑星

吴以草创之国，信不坚固，边屯守将，皆质其妻子，名曰："保质"。童子少年以类相与娱游者，日有十数。孙休永安二年三月，有一异儿，长四尺余，年可六七岁，衣青衣，忽来从群儿戏。诸儿莫之识也，皆问曰："尔谁家小儿，今日忽来？"答曰："见尔群戏乐，故来耳！"详而视之，眼有光芒，爝爝（yuè）[1] 外射。诸儿畏之，重问其故。儿乃答曰："尔恐我乎？我非人也，乃荧惑星[2] 也，将有以告尔：三公归于司马[3]。"诸儿大惊，或走告大人，大人驰往观之。儿曰："舍尔去乎！"耸身而跃，即以化矣。仰而视之，若曳一匹[4] 练以登天。大人来者，犹及见焉。飘飘渐高，有顷而没。时吴政峻急，莫敢宣也。后四年而蜀亡，六年而魏废，二十一年而吴平，是归于司马也。

注释：

1. 爝爝：光彩耀目的样子。

2. 荧惑星：即火星。因时隐时现，令人迷惑，故称。

3. 三公归于司马：三公为古代朝廷最高的三种官职，此处指政权最终归于司马氏。

4. 匹：量词。用于纺织品或骡马等。

戴洋梦神

都水¹马武举戴洋为都水令史，洋请急²还乡，将赴洛，梦神人谓之曰："洛中当败，人尽南渡。后五年，扬州必有天子³。"洋信之，遂不去。既而皆如其梦。

注释：

1. 都水：官职名，掌管船运等事。

2. 请急：请假。

3. 天子：此处指晋元帝司马睿。当时司马睿为安东将军，都督扬州军事。

卷九

应妪见神光

后汉中兴初，汝南[1]有应妪者，生四子而寡，昼见神光照社。妪见光，以问卜人。卜人曰："此天祥也。子孙其兴乎！"乃探得黄金。自是子孙宦学，并有才名。至场[2]，七世通显。

注释：
1. 汝南：古郡名，汉代置汝南郡。即今河南上蔡县。
2. 场：即应场，字德琏，南顿县（今河南项城）人。东汉末文学家，"建安七子"之一。

冯绲绶笥有蛇

车骑将军[1]巴郡冯绲（gǔn），字鸿卿，初为议郎[2]，发绶笥[3]，有二赤蛇，可长二尺，分南北走。大用忧怖。许季山孙宪，字宁方，得其先人秘要。绲请使卜，云："此吉祥也。君后三岁，当为边将，东北四五千里，官以东为名。"后五年，从大将军南征。居无何，拜尚书郎、辽东太守、南征将军。

注释：
1. 车骑将军：将军名号，长官京城及皇宫的兵卫。

2. 议郎：官职名，掌管顾问应对之事。

3. 绶笥：装印绶的箱子。

张颢得金印

　　常山[1]张颢为梁州[2]牧。天新雨后，有鸟如山鹊，飞翔入市，忽然坠地。人争取之，化为圆石。颢椎破之，得一金印，文曰："忠孝侯印。"颢以上闻，藏之秘府。后议郎汝南樊衡夷上言："尧舜时旧有此官。今天降印，宜可复置。"颢后官至太尉。

注释：

1. 常山：郡国名。汉代改恒山郡为常山郡，东汉时改为常山国。

2. 梁州：古代九州之一。三国时期魏国置梁州。

张氏金钩

　　京兆长安有张氏，独处一室，有鸠自外入，止于床。张氏祝曰："鸠来，为我祸也，飞上承尘[1]；为我福也，即入我怀。"鸠飞入怀。以手探之，则不知鸠之所在，而得一金钩。遂宝之。

　　自是子孙渐富，资财万倍。蜀贾至长安，闻之，乃厚赂婢，婢窃钩与贾。张氏既失钩，渐渐衰耗！而蜀贾亦数罹（lí）[2]穷厄，不为己利。或告之曰："天命也。不可力求。"于是赍[3]钩以反张氏，张氏复昌。故关西[4]称张氏传钩云。

1. 承尘：代指房屋上承接尘土的小帐幕或者天花板。

2. 罹：遭受。

3. 赍：送。

4. 关西：指函谷关或潼关以西的地区。

何比干得符策

汉征和三年三月，天大雨，何比干[1]在家，日中，梦贵客车骑满门。觉以语妻。语未已，而门有老妪，可八十余，头白，求寄避雨，雨甚，而衣不沾渍。雨止，送至门，乃谓比干曰："公有阴德，今天锡君策，以广公之子孙。"因出怀中符策，状如简，长九寸，凡九百九十枚，以授比干，曰："子孙佩印绶者，当如此算。"

注释：

1. 何比干：汉武帝时期任廷尉正。

魏舒诣野王

魏舒字阳元，任城[1]樊[2]人也。少孤，尝诣野王[3]，主人妻夜产，俄而闻车马之声，相问曰："男也？女也？"曰："男。""书之，十五以兵死。"复问："寝者为谁？"曰："魏公舒。"后十五载，诣主人，问所生童何在？曰："因条（tiáo）桑[4]，为斧伤而死。"舒自知当为公矣。

注释：

1. 任城：古郡国名，东汉置任城国，三国时期魏国置任城郡。

2. 樊：古县名，故城在今山东滋阳县西南六十里。

3. 野王：古县名，即今河南沁阳县。

4. 条桑：采桑。

贾谊《鹏鸟赋》

贾谊[1]为长沙王太傅，四月庚子日，有鹏（fú）鸟[2]飞入其舍，止于坐隅，良久乃去。谊发书占之，曰："野鸟入室，主人将去。"谊忌之，故作《鹏鸟赋》，齐死生而等祸福，以致命定志焉。

注释：

1. 贾谊：西汉初年文学家、政治家，世称贾生，有《过秦论》《吊屈原赋》
   等传世。

2. 鹏鸟：一种形似猫头鹰的鸟。

狗啮群鹅

王莽居摄，东郡太守翟义知其将篡汉，谋举义兵。兄宣教授，诸生满堂。群鹅雁数十，在中庭，有狗从外入，啮之，皆死。惊救之，皆断头。狗走出门，求不知处。宣大恶之。数日，莽夷其三族。

公孙渊家数怪

魏司马太傅懿平公孙渊[1]，斩渊父子。先时，渊家数有怪：一犬着冠帻绛衣，上屋；欻有一儿，蒸死甑（zèng）[2] 中。襄平[3] 北市生肉，长围各数尺，有头、目、口、喙，无手、足而动摇。占者曰："有形不成，有体无声，其国灭亡。"

注释：

1. 公孙渊：三国时期魏国辽东太守，后自立为燕王，终为司马懿所杀。

2. 甑：古代的炊具，俗称甑子。

3. 襄平：古县名，战国时期燕国置襄平县。在今辽宁辽阳。

诸葛恪被杀

吴诸葛恪[1] 征淮南归，将朝会之夜，精爽扰动，通夕不寐。严毕趋出，犬衔引其衣。恪曰："犬不欲我行耶？"出仍入坐。少顷，复起，犬又衔衣。恪令从者逐之。及入，果被杀。其妻在室，语使婢曰："尔何故血臭？"婢曰："不也。"有顷，愈剧。又问婢曰："汝眼目瞻视何以不常？"婢蹶然起跃，头至于栋，攘臂[2] 切齿而言曰："诸葛公乃为孙峻所杀。"于是大小知恪死矣。而吏兵寻至。

注释：

1. 诸葛恪：三国时期吴国大将军，辅持孙亮，擅权国政，后为孙峻所杀。

2. 攘臂：形容情绪激奋的样子。

邓喜射人头

吴戍将[1]邓喜杀猪祠神，治毕悬之，忽见一人头，往食肉。喜引弓射，中之，咋咋作声，绕屋三日。后人白[2]喜谋叛，合门被诛。

注释：
1. 戍将：戍边将领。
2. 白：告发。

贾充见府公

贾充[1]伐吴时，常屯项城[2]，军中忽失充所在。充帐下都督周勤时昼寝，梦见百余人录充，引入一径。勤惊觉，闻失充，乃出寻索。忽睹所梦之道，遂往求之。

果见充行至一府舍，侍卫甚盛，府公[3]南面坐，声色甚厉，谓充曰："将乱吾家事者，必尔与荀勖[4]。既惑吾子，又乱吾孙，间使任恺[5]黜汝而不去，又使庾纯[6]詈（lì）汝而不改。今吴寇当平，汝方表斩张华[7]。汝之暗戆（zhuàng）[8]，皆此类也。若不悛慎，当旦夕加诛。"充因叩头流血。

府公曰："汝所以延日月而名器[9]若此者，是卫府之勋耳。终当使系嗣[10]死于钟虡（jù）[11]之间，大子毙于金酒之中，小子困于枯木之下。荀勖亦宜同。然其先德小浓，故在汝后。数世之外，国嗣亦替。"言毕命去。

充忽然得还营，颜色憔悴，性理昏错，经日乃复。至后，谧[12]死于钟下，贾后服金酒而死，贾午考竟[13]用大杖终。皆如所言。

160

注释：

1. 贾充：西晋大臣，晋惠帝贾皇后之父，后参与司马氏篡魏密谋。

2. 项城：古县名，汉代置项城县。即今河南项城。

3. 府公：六朝时期，幕僚称其主为府公。

4. 荀勖：西晋大臣，官至尚书令。

5. 任恺：西晋大臣，任侍中。

6. 庾纯：西晋大臣，任中书令。

7. 张华：西晋大臣，文学家。任中书令、散骑常侍。

8. 暗懑：愚蠢。

9. 名器：古代用来区别尊卑贵贱的名号与车服仪制。

10. 系嗣：继嗣。

11. 钟虡：古代悬挂乐钟的架子。

12. 谧：指贾午的儿子韩谧。贾充儿子死后，将韩谧过继给贾家为嗣，并改姓贾。

13. 考竟：刑讯拷问。

庾亮受罚

庾亮[1]字文康，鄢陵[2]人，镇荆州。登厕，忽见厕中一物，如方相[3]，两眼尽赤，身有光耀，渐渐从土中出。乃攘臂以拳击之，应手有声，缩入地。因而寝疾。术士戴洋曰："昔苏峻[4]事，公于白石祠中祈福，许赛[5]其牛，从来未解[6]。故为此鬼所考，不可救也。"明年，亮果亡。

注释：

1. 庾亮：东晋人，晋明帝皇后之兄。

2. 鄢陵：古地名，在今河南鄢陵县西北。

3. 方相：古代传说中能驱除疫鬼和山川精怪的神灵。

4. 苏峻：东晋将领。

5. 赛：酬报，古代还愿酬神时的说法。

6. 解：祈神还愿。

刘宠军败

东阳[1]刘宠字道弘，居于湖熟[2]，每夜，门庭自有血数升，不知所从来。如此三四。后宠为折冲将军[3]，见遣北征。将行，而炊饭尽变为虫。其家人蒸糗（chǎo）[4]，亦变为虫。其火愈猛，其虫愈壮。宠遂北征，军败于坛丘，为徐龛[5]所杀。

注释：

1. 东阳：古郡名，三国时期吴国置东阳郡。郡治在今浙江金华。

2. 湖熟：古县名，县治在今江苏南京江宁区湖熟街道。

3. 折冲将军：古代统兵将军名称。

4. 糗：一种干粮。将米或者麦炒熟后，研磨成粉制成。

5. 徐龛：晋泰山太守。

卷十

邓皇后梦天梯

汉和熹邓皇后[1]，尝梦登梯以扪（mén）[2]天，体荡荡正清滑，有若钟乳状。乃仰噏（xī）[3]饮之。以讯诸占梦。言："尧梦攀天而上，汤梦及天舐[4]之，斯皆圣王之前占也。吉不可言。"

注释：

1. 邓皇后：东汉和帝皇后邓绥。
2. 扪：抚摸。
3. 噏：吸。
4. 舐：舔。

日月入怀

孙坚[1]夫人吴氏，孕而梦月入怀，已而生策。及权在孕，又梦日入怀。以告坚曰："妾昔怀策，梦月入怀；今又梦日，何也？"坚曰："日月者，阴阳之精，极贵之象，吾子孙其兴乎。"

注释：

1. 孙坚：字文台，吴郡富春（今浙江杭州富阳区）人。东汉末年将领，其子称帝后追尊为武烈皇帝。

蔡茂梦

汉蔡茂字子礼，河内怀人也。初在广汉[1]，梦坐大殿，极上有禾三穗，茂取之，得其中穗，辄复失之。以问主簿郭贺。贺曰："大殿者，官府之形象也；极而有禾，人臣之上禄也；取中穗，是中台[2]之象也。于字，'禾''失'为'秩'，虽曰失之，乃所以禄也。衮职[3]中阙，君其补之。"旬月而茂征焉。

注释：

1. 广汉：古郡名，汉代置广汉郡。治所在今四川广汉北。
2. 中台：代指司徒或司空。
3. 衮职：代指三公。

张车子钱

周擥（lǎn）喷者，贫而好道，夫妇夜耕，困息卧。梦天公过而哀之，敕外有以给与。司命[1]按录籍，云："此人相贫，限不过此。唯有张车子，应赐钱千万。车子未生，请以借之。"天公曰："善。"曙觉，言之。于是夫妇戮力，昼夜治生，所为辄得，赀至千万。

先时。有张妪者，尝往周家佣赁，野合有身，月满当孕，便遣出外，驻车屋下，产得儿。主人往视，哀其孤寒，作粥糜食之。问："当名汝儿作何？"妪曰："今在车屋下而生，梦天告之，名为车子。"周乃悟曰："吾昔梦从天换钱，外白以张车子钱贷我，必是子也。财当归之矣。"自是居日衰减。车子长大，富于周家。

1. 司命：掌管凡人寿命的神。

审雨堂

夏阳[1]卢汾，字士济，梦入蚁穴，见堂宇三间，势甚危豁[2]，题其额曰：审雨堂。

注释：
1. 夏阳：古县名，故城在今陕西韩城。
2. 危豁：高大开阔。

火浣衫

吴选曹[1]令史刘卓病笃，梦见一人以白越[2]单衫与之，言曰："汝着衫，污，火烧便洁也。"卓觉，果有衫在侧。污，辄火浣之。

注释：
1. 选曹：官职名，主管选授官吏之事。
2. 白越：细布名。

刘雅腹痛

淮南[1]书佐[2]刘雅。梦见青蜥蜴从屋落其腹内。因苦腹痛病。

注释：
1. 淮南：古郡国名，三国时期改淮南国为淮南郡。郡治在今安徽寿县。
2. 书佐：主办文书的佐吏。

张奂妻梦

后汉张奂为武威太守，其妻梦带奂印绶，登楼而歌。觉，以告奂。奂令占之，曰："夫人方生男，后临此郡，命终此楼。"后生子猛，建安中，果为武威太守，杀刺史邯郸商，州兵围急，猛耻见擒，乃登楼自焚而死。

汉灵帝梦

汉灵帝梦见桓帝怒曰："宋皇后[1]有何罪过，而听用邪孽，使绝其命。渤海王悝既已自贬，又受诛毙。今宋氏及悝，自诉于天，上帝震怒，罪在难救。"梦殊明察。帝既觉而恐，寻亦崩。

注释：
1. 宋皇后：汉灵帝皇后，中常侍王甫诬杀渤海王刘悝及王妃宋氏，宋氏乃宋皇后姑母，王甫害怕宋皇后迁怒于他，诬告宋皇后诅咒汉灵帝，最后宋皇后因灵帝收回其皇后玺绶，忧虑而死。

道士吕石

吴时嘉兴¹徐伯始病，使道士吕石安神座²。石有弟子戴本、王思二人，居住海盐³，伯始迎之以石助。昼卧，梦上天北斗门下，见外鞍马三匹，云："明日当以一迎石，一迎本，一迎思。"石梦觉，语本、思云："如此，死期。可急还，与家别。"不卒事而去。伯始怪而留之。日："惧不得见家也。"间一日，三人同时死。

注释：

1. 嘉兴：县名，三国时期吴国改称为海兴县，即今浙江嘉兴。

2. 神座：神像座位。

3. 海盐：古县名，故地在今浙江平湖东南。

谢郭同梦

会稽谢奉与永嘉太守郭伯猷（yóu）善，谢忽梦郭与人于浙江¹上争樗（chū）蒲²钱。因为水神所责，堕水而死。己营理郭凶事。及觉，即往郭许³，共围棋，良久，谢云："卿知吾来意否？"因说所梦。郭闻之怅然，云："吾昨夜亦梦与人争钱，如卿所梦。何期太的的⁴也？"须臾，如厕，便倒气绝。谢为凶具⁵，一如其梦。

注释：

1. 浙江：即钱塘江。

2. 樗蒲：赌博游戏。

3. 许：处所。

4. 的的：清楚明白。

5. 凶具：丧葬用具。

徐泰梦

嘉兴徐泰，幼丧父母，叔父隗养之，甚于所生。隗病，泰营侍甚勤。是夜三更中，梦二人乘船持箱，上泰床头，发箱，出簿书示曰："汝叔应死。"泰即于梦中叩头祈请。良久，二人曰："汝县有同姓名人否？"泰思得，语二人云："张隗，不姓徐。"二人云："亦可强逼。念汝能事叔父，当为汝活之。"遂不复见。泰觉，叔病乃差。

卷十一

熊渠子射虎（附：李广射虎）

楚熊渠子[1]夜行，见寝石[2]，以为伏虎，弯弓射之，没金镞羽[3]。下视，知其石也。因复射之，矢摧，无迹。汉世复有李广[4]，为右北平[5]太守，射虎，得石，亦如之。刘向曰："诚之至也，而金石为之开，况于人乎！夫唱而不和，动而不随，中必有不全者也。夫不降席而匡天下者，求之己也。"

注释：

1. 熊渠子：西周后期楚国国君。
2. 寝石：横卧着的石头。
3. 镞羽：擦掉了箭尾的羽毛。
4. 李广：西汉名将。
5. 右北平：古郡名，战国时期燕国置右北平郡，晋代改为北平郡。在今河北遵化。

养由基射猿（附：更赢射鸟）

楚王游于苑，白猿在焉；王令善射者射之，矢数发，猿搏矢而笑。乃命由基[1]。由基抚弓，猿即抱木而号。

及六国时，更赢[2]谓魏王曰："臣能为虚发而下鸟。"魏王曰：

"然则射可至于此乎？"赢曰："可。"有顷，闻雁从东方来，更赢虚发而鸟下焉。

注释：

1. 由基：即养由基，古代著名神射手，能百步穿杨。
2. 更赢：战国时期魏国著名射手。

古冶子杀鼋

齐景公渡于江、沅[1]之河，鼋[2]衔左骖[3]，没之。众皆惊惕。古冶子[4]于是拔剑从之，邪行五里，逆行三里，至于砥柱[5]之下，杀之，乃鼋也，左手持鼋头，右手拔左骖，燕跃鹄踊[6]而出，仰天大呼，水为逆流三百步。观者皆以为河伯也。

注释：

1. 江、沅：长江、沅江。齐景公未曾到过江、沅，此事或许发生在黄河。
2. 鼋：淡水龟鳖类的一种，爬行动物，外形似龟，短尾，甲壳为暗绿色，近圆形。
3. 骖：驾车时位于两边的马。
4. 古冶子：春秋时期齐国三勇士之一，后为晏婴所杀。
5. 砥柱：山名，三门山。在今河南三门峡市黄河中。
6. 燕跃鹄踊：形容动作迅捷威猛。

三王墓

　　楚干将、莫邪[1]为楚王作剑，三年乃成，王怒，欲杀之。剑有雌雄。其妻重身当产，夫语妻曰："吾为王作剑，三年乃成。王怒，往必杀我。汝若生子，是男，大，告之曰：'出户，望南山，松生石上，剑在其背。'"于是即将雌剑往见楚王。王大怒，使相之。"剑有二，一雄一雌。雌来，雄不来。"王怒，即杀之。

　　莫邪子名赤比，后壮，乃问其母曰："吾父所在？"母曰："汝父为楚王作剑，三年乃成。王怒，杀之。去时嘱我：'语汝子，出户，望南山，松生石上，剑在其背。'"于是子出户，南望，不见有山，但睹堂前松柱下石砥之上，即以斧破其背，得剑。日夜思欲报楚王。

　　王梦见一儿，眉间广尺，言欲报仇。王即购之千金。儿闻之，亡去。入山，行歌。客有逢者，谓："子年少，何哭之甚悲耶？"曰："吾干将、莫邪子也。楚王杀吾父，吾欲报之。"客曰："闻王购子头千金，将子头与剑来，为子报之。"儿曰："幸甚。"即自刎，两手捧头及剑奉之，立僵。客曰："不负子也。"于是尸乃仆。

　　客持头往见楚王，王大喜。客曰："此乃勇士头也。当于汤镬（huò）[2]煮之。"王如其言。煮头三日三夕，不烂。头踔（chuō）[3]出汤中，瞋（zhì）目[4]大怒。客曰："此儿头不烂，愿王自往临视之，是必烂也。"王即临之。客以剑拟王，王头随堕汤中。客亦自拟己头，头复堕汤中。三首俱烂，不可识别。乃分其汤肉葬之。故通名"三王墓"。今在汝南[5]北宜春县界。

注释：

1. 干将、莫邪：春秋时期善于铸剑的一对夫妻，后人用其名命雌雄二剑。

2. 镬：无足鼎。

3. 踔：跳跃。

4. 瞋目:瞪眼。

5. 汝南：古郡名，汉代置汝南郡。故城在今河南上蔡。

贾雍失头

汉武时，苍梧[1]贾雍为豫章太守，有神术。出界讨贼，为贼所杀，失头，上马回营。营中咸走来视雍。雍胸中语曰："战不利，为贼所伤。诸君视有头佳乎？无头佳乎？"吏涕泣曰："有头佳。"雍曰："不然，无头亦佳。"言毕，遂死。

注释：

1. 苍梧：古郡名，汉武帝时置苍梧郡。郡治在今广西梧州。

断头语

渤海[1]太守史良好一女子，许嫁而不果，良怒，杀之，断其头而归，投于灶下。曰："当令火葬。"头语曰："使君，我相从，何图当尔！"后梦见曰："还君物。"觉而得昔所与香缨[2]金钗之属。

注释：

1. 渤海：古郡名，在今河北沧州。
2. 香缨：彩带，古代女子允嫁时所佩的饰物。

苌弘血化碧

周灵王[1]时，苌弘[2]见杀，蜀人因藏其血，三年，乃化而为碧。

注释：
1. 周灵王：周简王之子，东周第十一代天子。
2. 苌弘：周景王大臣刘文公的家臣。

酒消患

汉武帝东游，未出函谷关，有物当道，身长数丈，其状象牛，青眼而曜睛，四足入土，动而不徙。百官惊骇。东方朔[1]乃请以酒灌之。灌之数十斛而物消。帝问其故。答曰："此名为患，忧气之所生也。此必是秦之狱地，不然，则罪人徒作之所聚。夫酒忘忧，故能消之也。"帝曰："吁！博物之士，至于此乎！"

注释：
1. 东方朔：字曼倩，汉武帝时期著名的辞赋家。

谅辅求雨

后汉谅辅，字汉儒，广汉新都人，少给佐吏，浆水不交[1]，为从事，大小毕举，郡县敛手[2]。时夏枯旱，太守自曝中庭，而雨不降。辅以五官掾（yuàn）[3]出祷山川，自誓曰："辅为郡股肱，不能进谏纳忠，荐贤退恶，和调百姓，至令天地否隔，万物枯焦，百姓喁喁（yóng）[4]，无所控诉，咎尽在辅。今郡太守内省责己，自曝中庭，使辅谢罪，为民祈福。精诚恳到，未有感彻。辅今敢自誓：若至日中无雨，请以身塞无状[5]。"乃积薪柴，将自焚焉。至日中时，山气转黑，起雷，雨大作，一郡沾润。世以此称其至诚。

注释：

1. 浆水不交：形容为官清廉。

2. 敛手：恭敬、尊敬。

3. 五官掾：州郡属官。

4. 喁喁：仰头期盼的样子。

5. 无状：罪行不可言状。

何敞消灾

何敞，吴郡人，少好道艺[1]，隐居，里以大旱，民物憔悴，太守庆洪遣户曹掾致谒，奉印绶，烦守无锡。敞不受。退，叹而言曰："郡界有灾，安能得怀道！"因跋涉之县，驻明星屋中，蝗蝝[2]消死，敞即遁去。后举方正[3]、博士[4]，皆不就，卒于家。

注释：

1. 道艺：指道士、方士修炼的长生之术。

2. 蝝：尚未长翅膀的小蝗虫。

3. 方正：汉文帝时称为选贤任能的举荐科目之一。

4. 博士：学官名，负责传授经学。

徐栩不治蝗

后汉徐栩，字敬卿，吴由拳[1]人。少为狱吏，执法详平[2]。为小黄[3]令时，属[4]县大蝗，野无生草，过小黄界，飞逝不集。刺史行部责栩不治，栩弃官，蝗应声而至。刺史谢，令还寺舍[5]，蝗即飞去。

注释：

1. 由拳：古县名，故治在今浙江嘉兴南。
2. 详平：公正，公平。
3. 小黄：古县名，故治在今安徽亳州。
4. 属：古代行政区划，十县为属。
5. 寺舍：官舍。

白虎墓

王业字子香，汉和帝时为荆州刺史。每出行部，沐浴斋素，以祈于天地："当启佐愚心，无使有枉百姓。"在州七年，惠风人行，苛慝（tè）[1]不作，山无豺狼。卒于枝江[2]，有二白虎，低头，曳尾，宿卫其侧。及丧去，虎逾州境，忽然不见。民共为立碑，号曰"枝江白虎墓"。

注释：

1. 苛慝：暴虐邪恶。
2. 枝江：古县名，汉代置枝江县，即今湖北枝江。

神木为移

吴时，葛祚为衡阳[1]太守，郡境有大槎（chá）[2]横水，能为妖怪，百姓为立庙，行旅祷祀，槎乃沉没；不者，槎浮，则船为之破坏。祚将去官，乃大具斧斤，将去民累。明日当至，其夜闻江中汹汹有人声，往视之，槎乃移去，沿流下数里，驻湾中。自此行者无复沉覆之患。衡阳人为祚立碑，曰："正德祈禳，神木为移。"

注释：

1. 衡阳：古郡名，三国时期吴国置衡阳郡，即今湖南衡阳蒸湘区。
2. 槎：树的枝杈。

曾子之孝

曾子[1]从仲尼在楚而心动，辞归问母，母曰："思尔，啮指。"孔子曰："曾参之孝，精感万里。"

注释：

1. 曾子：曾参，孔子弟子，以孝著称。

周畅之孝

周畅性仁慈，少至孝，独与母居，每出入，母欲呼之，常自啮其手，畅即觉手痛而至。治中从事未之信。候畅在田，使母啮手，而畅即归。元初二年，为河南尹，时夏大旱，久祷无应。畅收葬洛阳城旁客死骸骨万余，为立义冢，应时澍（shù）雨[1]。

注释：

1. 澍雨：暴雨。

王祥孝母

王祥字休征，琅邪人，性至孝。早丧亲，继母朱氏不慈，数谮（zèn）[1]之，由是失爱于父，每使扫除牛下。父母有疾，衣不解带。母常欲生鱼，时天寒，冰冻。祥解衣将剖冰求之，冰忽自解，双鲤跃出，持之而归。母又思黄雀炙，复有黄雀数十入其幕[2]，复以供母。乡里惊叹，以为孝感所致。

注释：

1. 谮：污蔑，构陷。
2. 幕：幕帐。

王延叩凌求鱼

王延，性至孝。继母卜氏，尝盛冬思生鱼，敕延求而不获，杖之流血。延寻汾，叩凌而哭。忽有一鱼，长五尺，跃出冰上，延取以进母。卜氏食之，积日不尽。于是心悟，抚延如己子。

楚僚卧冰

　　楚僚早失母，事后母至孝，母患痈肿[1]，形容日悴。僚自徐徐吮之，血出，迨（dài）[2]夜即得安寝。乃梦一小儿语母曰："若得鲤鱼食之，其病即差，可以延寿。不然，不久死矣。"母觉而告僚。时十二月冰冻，僚乃仰天叹泣，脱衣上冰，卧之。有一童子，决僚卧处，冰忽自开，一双鲤鱼跃出。僚将归奉其母，病即愈，寿至一百三十三岁。盖至孝感天神，昭应如此。此与王祥、王延事同。

注释：
1. 痈肿：毒疮脓肿。
2. 迨：等到；及。

蛴螬炙

　　盛彦字翁子，广陵人。母王氏，因疾失明，彦躬自侍养。母食，必自哺之。母疾既久，至于婢使数见捶挞。婢忿恨，闻彦暂行，取蛴螬（qí cáo）[1]炙饴[2]之。母食，以为美，然疑是异物，密藏以示彦。彦见之，抱母恸哭，绝[3]而复苏。母目豁然即开，于此遂愈。

注释：
1. 蛴螬：金龟子幼虫。
2. 饴：通"饲"，喂。
3. 绝：断气，休克。

蚺蛇胆

颜含字宏都，次嫂樊氏因疾失明。医人疏[1]方，须蚺（rán）蛇[2]胆，而寻求备至，无由得之。含忧叹累时，尝昼独坐，忽有一青衣童子，年可十三四，持一青囊授含。含开视，乃蛇胆也。童子逡巡[3]出户，化成青鸟飞去。得胆，药成，嫂病即愈。

注释：

1. 疏：分条记录或陈述，此处为开药方。

2. 蚺蛇：即蟒蛇。

3. 逡巡：恭顺的样子。

郭巨埋儿

郭巨，隆虑[1]人也，一云河内温人。兄弟三人，早丧父，礼毕，二弟求分。以钱二千万，二弟各取千万。巨独与母居客舍，夫妇佣赁以给供养。居有顷，妻产男，巨念举儿妨事亲，一也；老人得食，喜分儿孙，减馔，二也。乃于野凿地，欲埋儿。得石盖，下有黄金一釜，中有丹书，曰："孝子郭巨，黄金一釜[2]，以用赐汝。"于是名振天下。

注释：

1. 隆虑：古县名，故地在今河南林州。

2. 釜：古代的一种炊具。

刘殷居丧

新兴[1]刘殷，字长盛，七岁丧父，哀毁[2]过礼，服丧三年，未尝见齿。事曾祖母王氏，尝夜梦人谓之曰："西篱下有粟。"寤而掘之，得粟十五钟[3]。铭曰："七年粟百石，以赐孝子刘殷。"自是食之，七岁方尽。及王氏卒，夫妇毁瘠，几至灭性。时柩在殡，而西邻失火，风势甚猛，殷夫妇叩殡号哭，火遂灭。后有二白鸠来巢其树庭。

注释：

1. 新兴：古郡名，郡治在今湖北江陵东。
2. 哀毁：指过分悲伤导致伤害身体。
3. 钟：古代容量计量单位。

玉田

杨公伯雍，雒（Luò）阳[1]县人也，本以侩[2]卖为业，性笃孝。父母亡，葬无终山[3]，遂家焉。山高八十里，上无水，公汲水，作义浆于坂头，行者皆饮之。三年，有一人就饮，以一斗石子与之，使至高平好地有石处种之，云："玉当生其中。"杨公未娶，又语云："汝后当得好妇。"语毕不见。乃种其石。数岁，时时往视，见玉子生石上，人莫知也。

有徐氏者，右北平著姓，女甚有行，时人求，多不许。公乃试求徐氏，徐氏笑以为狂，因戏云："得白璧一双来，当听为婚。"公至所种玉田中，得白璧五双，以聘。徐氏大惊，遂以女妻公。天子闻而异之，拜为大夫。乃于种玉处，四角作大石柱，各一丈，中央一顷地名曰"玉田"。

注释：
1. 雒阳：即洛阳。
2. 侩：古时候介绍买卖的人。
3. 无终山：在今河北玉田西北。

衡农梦

衡农字剽卿，东平[1]人也。少孤，事继母至孝。常宿于他舍，值雷风，频梦虎啮其足，农呼妻相出于庭，叩头三下。屋忽然而坏，压死者三十余人，唯农夫妻获免。

注释：
1. 东平：古郡国名，西汉置东平国，东晋改为东平郡。治所在今山东东平。

罗威温席

罗威字德仁，八岁丧父，事母性至孝。母年七十，天大寒，常以身自温席而后授其处。

王裒守墓

王裒（póu）[1]字伟元，城阳[2]营陵人也。父仪，为文帝[3]所杀。裒庐于墓侧，旦夕常至墓所拜跪，攀柏悲号，涕泣着树，树为之枯。母性畏雷，母没，每雷，辄到墓曰："裒在此。"

注释：

1. 王裒：司马昭安东司马王仪之子。

2. 城阳：古郡名，在今山东莒县。

3. 文帝：即司马昭。司马炎称帝后追尊司马昭为晋文帝。

白鸠郎

郑弘迁临淮[1]太守，郡民徐宪在丧致哀，有白鸠巢户侧。弘举为孝廉[2]，朝廷称为"白鸠郎"。

注释：

1. 临淮：古郡名，郡治在今江苏盱眙西北。

2. 孝廉：孝悌廉洁之人，旧时为统治阶级选拔人才的科目。

东海孝妇

汉时，东海孝妇养姑甚谨。姑曰："妇养我勤苦。我已老，何惜余年，久累年少。"遂自缢死。其女告官云："妇杀我母。"官收系之，拷掠毒治。孝妇不堪苦楚，自诬服之。

时于公[1]为狱吏，曰："此妇养姑十余年，以孝闻彻，必不杀也。"太守不听。于公争不得理，抱其狱词哭于府而去。自后郡中枯旱，三年不雨。后太守至，于公曰："孝妇不当死，前太守枉杀之，咎当在此。"太守即时身祭孝妇冢，因表其墓。天立雨，岁大熟。长老传云："孝妇名周青，青将死，车载十丈竹竿，以悬五幡（fān）[2]。立誓于众曰：'青若有罪，愿杀，血当顺下；青若枉死，血当逆流。'既行刑已，其血青黄，缘幡竹而上，极标，又缘幡而下云。"

注释：

1. 于公：汉宣帝时廷尉于定国的父亲。
2. 幡：有长条子垂下的旗帜。

犍为孝女

犍（qián）为[1]叔先泥和，其女名雄。永建三年，泥和为县功曹[2]，县长赵祉遣泥和拜檄（xí）[3]谒巴郡太守。以十月乘船，于城湍堕水死，尸丧不得。雄哀恸号咷，命不图存，告弟贤及夫人，令勤觅父尸，若求不得，"吾欲自沈觅之"。时雄年二十七，有子男贡，年五岁，贳，年三岁，乃各作绣香囊一枚，盛以金珠环，预婴二子，哀号之声，不绝于口，昆族私忧。至十二月十五日，父丧不得。雄乘小船于父堕处，哭泣数声，竟自投水中，旋流没底。见梦告弟云："至二十一日，与父俱出。"至期，如梦，与父相持并浮出江。县长表言，郡太守肃登承上尚书，乃遣户曹掾为雄立碑，图象其形，令知至孝。

乐羊子妻

河南乐羊子之妻者，不知何氏之女也。躬勤养姑。尝有他舍鸡谬入园中，姑盗杀而食之。妻对鸡不食而泣。姑怪问其故，妻曰："自伤居贫，使食有他肉。"姑竟弃之。后盗有欲犯之者，乃先劫其姑，妻闻，操刀而出。盗曰："释汝刀。从我者，可全；不从我者，则杀汝姑。"妻仰天而叹，刎颈而死。盗亦不杀姑。太守闻之，捕杀盗贼，赐妻缣帛[1]，以礼葬之。

庾衮侍兄

庾衮字叔褒，咸宁中大疫，二兄俱亡，次兄毗复殆，疠（lì）[1]气方盛，父母诸弟皆出次于外，衮独留，不去。诸父兄强之，乃曰："衮性不畏病。"遂亲自扶持，昼夜不眠。间复抚柩哀临[2]不辍。如此十余旬，疫势既退，家人乃返。毗病得差，衮亦无恙。

注释:

1. 疠: 疫病。

2. 哀临: 泛指到灵堂为死者吊丧。

相思树

宋康王舍人韩凭娶妻何氏, 美, 康王夺之。凭怨, 王囚之, 论为城旦[1]。妻密遗凭书, 缪其辞[2]曰: "其雨淫淫, 河大水深, 日出当心。" 既而王得其书, 以示左右, 左右莫解其意。

臣苏贺对曰: "其雨淫淫, 言愁且思也。河大水深, 不得往来也。日出当心, 心有死志也。" 俄而凭乃自杀。其妻乃阴腐其衣。王与之登台, 妻遂自投台, 左右揽之, 衣不中手而死。遗书于带曰: "王利其生, 妾利其死, 愿以尸骨, 赐凭合葬。" 王怒, 弗听, 使里人埋之, 冢相望也。王曰: "尔夫妇相爱不已, 若能使冢合, 则吾弗阻也。" 宿昔之间, 便有大梓木, 生于二冢之端, 旬日而大盈抱, 屈体相就, 根交于下, 枝错于上。又有鸳鸯, 雌雄各一, 恒栖树上, 晨夕不去, 交颈悲鸣, 音声感人。宋人哀之, 遂号其木曰"相思树"。"相思"之名, 起于此也。南人谓此禽即韩凭夫妇之精魂。今睢阳有韩凭城, 其歌谣至今犹存。

注释:

1. 城旦: 古代一种刑罚, 筑城四年的劳役。

2. 缪其辞: 隐晦言辞原意。

饮水生儿

汉末，零阳[1]郡太守史满有女，悦门下书佐，乃密使侍婢取书佐盥（guàn）手残水饮之，遂有妊。已而生子，至能行，太守令抱儿出，使求其父。儿匍匐直入书佐怀中。书佐推之仆地，化为水。穷问之，具省前事，遂以女妻书佐。

注释：

1. 零阳：古县名，西汉置零阳县。故城在今湖南慈利县东。

望夫冈

鄱（Pó）阳[1]西有望夫冈。昔县人陈明与梅氏为婚，未成，而妖魅诈迎妇去。明诣卜者，决云："行西北五十里求之。"明如言，见一大穴，深邃无底。以绳悬人，遂得其妇。乃令妇先出，而明所将邻人秦文，遂不取明。其妇乃自誓执志，登此冈首而望其夫，因以名焉。

注释：

1. 鄱阳：县名，汉代改亲番县为鄱阳县。故城在今江西鄱阳东北。

邓元义妻

后汉南康[1]邓元义，父伯考，为尚书仆射（yè）[2]。元义还乡里，

190

妻留事姑，甚谨。姑憎之，幽闭空室，节其饮食，羸露，日困，终无怨言。时伯考怪而问之，元义子朗，时方数岁，言："母不病，但苦饥耳。"伯考流涕曰："何意亲姑反为此祸！"遣归家，更嫁为华仲[3]妻。仲为将作大匠[4]，妻乘朝车[5]出，元义于路旁观之，谓人曰："此我故妇，非有他过，家夫人遇之实酷，本自相贵。"其子朗，时为郎，母与书，皆不答，与衣裳，辄以烧之。母不以介意。母欲见之，乃至亲家李氏堂上，令人以他词请朗。朗至，见母，再拜涕泣，因起出。母追谓之曰："我几死。自为汝家所弃，我何罪过，乃如此耶！"因此遂绝。

注释：

1. 南康：古郡名，西晋置南康郡。郡治在今江西于都。

2. 仆射：古代官职名，汉代初置尚书五人，一人为仆射，仅次于尚书令。

3. 华仲：应顺，字华仲。

4. 将作大匠：官职名，主管宫室、宗庙、陵寝的土木建造。

5. 朝车：古代君臣行朝夕礼及宴饮时出入用车。

严遵破案

严遵为扬州刺史，行部，闻道傍女子哭声不哀。问所哭者谁。对云："夫遭烧死。"遵敕吏舁（yú）[1]尸到，与语讫，语吏云："死人自道不烧死。"乃摄女，令人守尸，云："当有枉。"吏曰："有蝇聚头所。"遵令披视，得铁锥贯顶。考问，以淫杀夫。

注释：

1. 舁：抬。

死友

汉范式，字巨卿，山阳金乡[1]人也，一名汜。与汝南张劭为友，劭字元伯。二人并游太学，后告归乡里，式谓元伯曰："后二年，当还。将过拜尊亲，见孺子焉。"乃共克期日。

后期方至，元伯具以白母，请设馔以候之。母曰："二年之别，千里结言，尔何相信之审耶！"曰："巨卿信士，必不乖违。"母曰："若然，当为尔酝酒。"至期，果到。升堂拜饮，尽欢而别。

后元伯寝疾，甚笃，同郡郅君章、殷子征晨夜省视之。元伯临终叹曰："恨不见我死友[2]。"子征曰："吾与君章尽心于子，是非死友，复欲谁求？"元伯曰："若二子者，吾生友[3]耳。山阳范巨卿，所谓死友也。"寻而卒。

式忽梦见元伯，玄冕垂缨，屣履[4]而呼曰："巨卿！吾以某日死，当以尔时葬。永归黄泉。子未忘我，岂能相及？"式怳然觉悟，悲叹泣下。便服朋友之服[5]，投其葬日，驰往赴之。未及到而丧已发引。既至圹（kuàng）[6]，将窆（biǎn）[7]，而柩不肯进。其母抚之曰："元伯！岂有望耶？"遂停柩。

移时，乃见素车白马，号哭而来。其母望之，曰："是必范巨卿也。"既至，叩丧言曰："行矣元伯！死生异路，永从此辞。"会葬者千人，咸为挥涕。式因执绋而引柩，于是乃前。式遂留止冢次，为修坟树，然后乃去。

注释：

1. 金乡：古县名，东汉置金乡县。故治在今山东嘉祥县阿城铺。

2. 死友：指至死不渝的好友。

3. 生友：一般的朋友。

4. 屣履：形容走路急忙的样子。

5. 朋友之服：为朋友服丧时所穿的衣服。

6. 圹：墓穴。

7. 窆：下葬。

卷十二

论五气变化

天有五气，万物化成。木清则仁，火清则礼，金清则义，水清则智，土清则思，五气尽纯，圣德备也。木浊则弱，火浊则淫，金浊则暴，水浊则贪，土浊则顽，五气尽浊，民之下也。

中土多圣人，和气所交也。绝域多怪物，异气所产也。苟禀此气，必有此形；苟有此形，必生此性。故食谷者智能而文，食草者多力而愚，食桑者有丝而蛾，食肉者勇憨（xiàn）[1]而悍，食土者无心而不息，食气者神明而长寿，不食者不死而神。

大腰[2]无雄，细腰[3]无雌。无雄外接，无雌外育。三化[4]之虫，先孕后交；兼爱之兽[5]，自为牝牡[6]。寄生[7]因夫高木，女萝[8]托乎茯苓[9]。木株于土，萍植于水。鸟排虚而飞，兽蹢（zhí）实而走，虫土闭而蛰，鱼渊潜而处。

本乎天者亲上，本乎地者亲下，本乎时者亲旁，各从其类也。千岁之雉，入海为蜃[10]；百年之雀，入海为蛤；千岁龟鼋[11]，能与人语；千岁之狐，起为美女；千岁之蛇，断而复续；百年之鼠，而能相卜。数之至也。春分之日，鹰变为鸠；秋分之日，鸠变为鹰。时之化也。

故腐草之为萤也，朽苇之为蛬（qióng）[12]也，稻之为䖟（jiā）[13]也，麦之为蝴蝶也，羽翼生焉，眼目成焉，心智在焉。此自无知化为有知而气易也。雀（hè）之为獐也，蛇之为鳖也，蚕之为虾也，不失其血气，而形性变也。若此之类，不可胜论。

应变而动，是为顺常；苟错其方，则为妖眚（shěng）[14]。故下体生于上，上体生于下，气之反者也。人生兽，兽生人，气之乱者也。男化为女，女化为男，气之贸¹⁵者也。鲁牛哀得疾，七日化而为虎，形体变易，爪牙施张。其兄启户而入，搏而食之。方其为人，不知其将为虎也；方有为虎，不知其常为人也。

故晋太康中，陈留阮士瑀伤于虺（huǐ）¹⁶，不忍其痛，数嗅其疮，已而双虺成于鼻中。元康中，历阳纪元载客食道龟，已而成瘕（jiǎ）¹⁷，医以药攻之，下龟子数升，大如小钱，头足咸备，文甲皆具，惟中药已死。夫妻非化育之气，鼻非胎孕之所，享道¹⁸非下物之具。从此观之，万物之生死也，与其变化也，非通神之思，虽求诸已，恶识所自来？然朽草之为萤，由乎腐也；麦之为蝴蝶，由乎湿也。尔则万物之变，皆有由也。农夫止麦之化者，沤¹⁹之以灰；圣人理万物之化者，济之以道。其然与不然乎？

注释：

1. 傲：气势强盛。

2. 大腰：指龟鳖类动物。

3. 细腰：指蜂类动物。

4. 三化：经过三次变化的动物，此处指蚕。

5. 兼爱之兽：一身具备雌雄二性，相传人食之则无妒，所以叫兼爱之兽。

6. 牝牡：雌雄。

7. 寄生：指芝菌类依附树木生长的植物。

8. 女萝：即松萝，寄生于高树上，成丝条状下垂。

9. 茯苓：寄生在松树根上的真菌，可入药。

10. 蜃：大蛤。

11. 鼋：大鳖，俗称癞头鼋。

12. 蛰：蟋蟀。

13. 蛩：米中小黑虫。

14. 妖眚：灾异。

15. 贸：交错。

198

16. 虺：古代蝮蛇一类的毒蛇。

17. 瘕：腹中结块的疾病。

18. 享道：消化道。

19. 洿：淤积。

贲羊

　　季桓子[1]穿井，获如土缶，其中有羊焉，使问之仲尼，曰："吾穿井而获狗，何耶？"仲尼曰："以丘所闻，羊也。丘闻之：木石之怪，夔（kuí）[2]、魍魉[3]；水中之怪龙、罔象[4]；土中之怪曰，贲（fén）羊[5]。"《夏鼎志》[6]曰："罔象如三岁儿，赤目，黑色，大耳，长臂，赤爪。索缚，则可得食。"王子曰："木精为游光，金精为清明也"。

注释：

1. 季桓子：即春秋末期鲁国大夫季孙斯。

2. 夔：相传为像龙一样的一足怪物。

3. 魍魉：古代传说中的山中精怪。

4. 罔象：古代传说中的水怪。

5. 贲羊：古代传说中的在土里的怪物。

6. 《夏鼎志》：应为夏鼎所铸怪物图的书籍。

犀犬

晋惠帝元康中，吴郡娄县怀瑶家忽闻地中有犬声隐隐。视声发处，上有小窍，大如蟥（yǐn）[1]穴。瑶以杖刺之，入数尺，觉有物。乃掘视之，得犬子，雌雄各一，目犹未开，形大于常犬。哺之，而食。左右咸往观焉。长老或云："此名犀犬，得之者，令家富昌。宜当养之。"以目未开，还置窍中，覆以磨砻（lóng）[2]。宿昔发视，左右无孔，遂失所在。瑶家积年无他祸福。

至太兴中，吴郡太守张懋（mào），闻斋内床下犬声，求而不得。既而地坼（chè）[3]，有二犬子。取而养之，皆死。其后懋为吴兴兵沈充所杀。《尸子》[4]曰："地中有犬，名曰地狼；有人，名曰无伤。"《夏鼎志》曰："掘地而得狗，名曰贾；掘地而得豚[5]，名曰邪；掘地而得人，名曰聚。"聚，无伤也。此物之自然，无谓鬼神而怪之。然则贾与地狼名异，其实一物也。《淮南万毕》[6]曰："千岁羊肝，化为地宰；蟾蜍得苽（gū）[7]，卒时为鹑。"此皆因气化以相感而成也。

注释：

1. 蟥：蚯蚓。

2. 磨砻：磨石。

3. 坼：开裂。

4. 《尸子》：书名，战国时期楚人尸佼所著。

5. 豚：小猪。

6. 《淮南万毕》：《淮南万毕术》，西汉淮南学派所著。

7. 苽：同"菰"。一种菌类植物。

傒囊

吴诸葛恪为丹阳太守，尝出猎，两山之间，有物如小儿，伸手欲引人。恪令伸之，乃引去故地。去故地，即死。既而参佐问其故，以为神明。恪曰："此事在《白泽图》[1] 内，曰：'两山之间，其精如小儿，见人，则伸手欲引人，名曰傒囊。引去故地，则死。'无谓神明而异之。诸君偶未见耳。"

注释：

1.《白泽图》：记载山川草木精怪的图集，已散失。

庆忌

王莽建国四年，池阳[1] 有小人景，长一尺余，或乘车，或步行，操持万物，大小各自相称，三日乃止。莽甚恶之。自后盗贼日甚，莽竟被杀。《管子》[2] 曰："涸泽数百岁，谷之不徙，水之不绝者，生庆忌。庆忌者，其状若人，其长四寸，衣黄衣，冠黄冠，戴黄盖，乘小马，好疾驰。以其名呼之，可使千里外一日反报。"然池阳之景者，或庆忌也乎。又曰："涸小水精生蚳。蚳者，一头而两身，其状若蛇，长八尺。以其名呼之，可使取鱼鳖。"

注释：

1. 池阳：汉代宫殿池阳宫。

2.《管子》：战国中后期齐国稷下学者托管仲之名所作。

霹雳

晋扶风[1]杨道和，夏于田中，值雨，至桑树下，霹雳下击之，道和以锄格，折其股，遂落地，不得去。唇如丹，目如镜，毛角长三寸余，状似六畜，头似猕猴。

注释：
1. 扶风：古县名，在今陕西宝鸡东。

落头民

秦时南方有落头民，其头能飞。其种人部有祭祀，号曰"虫落"，故因取名焉。吴时，将军朱桓得一婢，每夜卧后，头辄飞去。或从狗窦[1]，或从天窗中出入，以耳为翼。将晓，复还。数数如此，傍人怪之，夜中照视，唯有身无头，其体微冷，气息裁属[2]。乃蒙之以被。

至晓，头还，碍被不得安，两三度堕地。噫咤[3]甚愁，体气甚急，状若将死。乃去被，头复起傅颈。有顷，和平。桓以为大怪，畏不敢畜，乃放遣之。既而详之，乃知天性也。时南征大将，亦往往得之。又尝有覆以铜盘者，头不得进，遂死。

注释：
1. 窦：洞。
2. 裁属：形容气息微弱的样子。
3. 噫咤：叹息。

貙人化虎

江汉之域，有貙（chū）人[1]。其先，禀君[2]之苗裔也，能化为虎。长沙所属蛮县东高居民，曾作槛捕虎。槛发，明日众人共往格之，见一亭长，赤帻，大冠，在槛中坐。因问："君何以入此中？"亭长大怒曰："昨忽被县召，夜避雨，遂误入此中。急出我。"曰："君见召，不当有文书耶？"即出怀中召文书。于是即出之。寻视，乃化为虎，上山走。或云："貙虎化为人，如着紫葛衣，其足无踵[3]，虎，有五指者，皆是貙。"

注释：

1. 貙人：古代散布在长江、汉水一带的部落，相传其部落民能化形成虎。
2. 禀君：巴人的始祖。
3. 踵：脚后跟。

猳国马化

蜀中西南高山之上，有物与猴相类，长七尺，能作人行，善走逐人，名曰猳（jiā）国[1]，一名马化，或曰玃（jué）猿。伺道行妇女有美者，辄盗取将去，人不得知。若有行人经过其旁，皆以长绳相引，犹故不免。此物能别男女气臭，故取女，男不取也。若取得人女，则为家室。其无子者，终身不得还。十年之后，形皆类之，意亦迷惑，不复思归。若有子者，辄抱送还其家，产子皆如人形。有不养者，其母辄死。故惧怕之，无敢不养。及长，与人不异。皆以杨为姓。故今蜀中西南多诸杨，率皆是猳国马化之子孙也。

注释：

1. 猳国：一种猴类动物。

刀劳鬼

临川[1]间诸山有妖物，来常因大风雨，有声如啸，能射人，其所著者如蹄，有顷头肿大。毒有雌雄，雄急而雌缓。急者不过半日间，缓者经宿。其旁人常有以救之，救之少迟，则死。俗名曰刀劳鬼。故外书[2]云："鬼神者，其祸福发扬之验于世者也。"《老子》[3]曰："昔之得一者：天得一以清，地得一以宁，神得一以灵，谷得一以盈，侯王得一以为天下贞[4]。"然则天地鬼神，与我并生者也。气分则性异，域别则形殊，莫能相兼也。生者主阳，死者主阴，性之所托，各安其生。太阴之中，怪物存焉。

注释：

1. 临川：古郡名，郡治在今江西南城东南。
2. 外书：佛教徒称本教以外的书籍为外书。
3. 《老子》：《道德经》，道家经典。以"道德"为纲宗，论述修身、治国、用兵、养生之道。
4. 贞：通"正"，首领、首长。

冶鸟

越地深山中有鸟，大如鸠，青色，名曰冶鸟。穿大树，作巢，如五六升器，户口径数寸，周饰以土垩（è）[1]，赤白相分，状如射侯[2]。伐木者见此树，即避之去。或夜冥不见鸟，鸟亦知人不见，便鸣唤曰："咄，咄，上去！"明日便宜急上。"咄，咄，下去！"明日便宜急下。若不使去，但言笑而不已者，人可止伐也。若有秽恶及其所止者，则有虎通夕来守，人不去，便伤害人。此鸟，白日见其形，是鸟也；夜听其鸣，亦鸟也。时有观乐者，便作人形，长三尺，至涧中取石蟹[3]，就火炙之，人不可犯也。越人谓此鸟是越祝之祖也。

注释：

1. 垩：通"圣"，白色泥土。

2. 射侯：箭靶。

3. 石蟹：河蟹的俗称。

南海鲛人

南海[1]之外有鲛人[2]，水居如鱼，不废织绩[3]。其眼泣则能出珠。

注释：

1. 南海：古郡名，秦代置南海郡。在今广东广州。

2. 鲛人：神话传说中的人鱼。

3. 织绩：指纺织类女工之事。

大青小青

庐江皖、枞（zōng）阳二县境上，有大青、小青居山野之中。时闻哭声，多者至数十人，男女大小，如始丧者。邻人惊骇，至彼奔赴，常不见人。然于哭地，必有死丧。率声若多则为大家，声若小则为小家。

山都

庐江大山之间，有山都，似人，裸身，见人便走。有男女，可长四五丈，能啸相唤，常在幽昧之中，似魑魅鬼物。

蜮

汉中平中（按：中平当为中元，因光武无中平年号），有物处于江水，其名曰蜮[1]，一曰短狐，能含沙射人。所中者，则身体筋急[2]，头痛，发热，剧者至死。江人以术方抑之，则得沙石于肉中。《诗》所谓"为鬼为蜮，则不可测"也。今俗谓之溪毒。先儒以为男女同川而浴，淫女为主，乱气所生也。

注释：

1. 蜮：相传为一种能含沙射人的动物。
2. 筋急：表现为筋脉紧急不柔，屈伸不利的疾病。

鬼弹

汉永昌[1]郡不韦县有禁水，水有毒气，唯十一月，十二月差可渡涉。自正月至十月不可渡，渡辄病，杀人。其气中有恶物，不见其形，其作有声，如有所投击。中木则折，中人则害。土俗号为鬼弹。故郡有罪人，徙之禁防，不过十日皆死。

注释：
1. 永昌：古郡名，汉代置永昌郡。

蘘荷根解蛊

余外妇姊夫蒋士，有佣客得疾下血。医以中蛊，乃密以蘘荷[1]根布席下，不使知。乃狂言[2]曰："食我虫者，乃张小小也。"乃呼："小小亡去。"今世攻蛊，多用蘘荷根，往往验。蘘荷，或谓嘉草。

注释：
1. 蘘荷：多年生草本植物，根茎肥圆，圆柱形，淡黄色，可入药。
2. 狂言：胡言乱语。

犬蛊

鄱阳赵寿，有犬蛊，时陈岑诣寿，忽有大黄犬六七，群出吠岑。

后余相伯妇与寿妇食，吐血，几死，乃屑[1]桔梗以饮之而愈。蛊有怪物，若鬼，其妖形变化杂类殊种：或为狗豕，或为虫蛇。其人不自知其形状，行之于百姓，所中皆死。

注释：

1. 屑：研磨成末。

蛇蛊

营阳[1]郡有一家，姓廖，累世为蛊，以此致富。后取新妇，不以此语之。遇家人咸出，唯此妇守舍，忽见屋中有大缸，妇试发之，见有大蛇，妇乃作汤灌杀之。及家人归，妇具白其事，举家惊惋。未几，其家疾疫，死亡略尽。

注释：

1. 营阳：古郡名，三国时期吴国置营阳郡，郡治在今湖南道县。

卷十三

澧泉

泰山之东有澧泉，其形如井，本体是石也。欲取饮者，皆洗心志，跪而挹（yì）[1]之，则泉出如飞，多少足用。若或污漫，则泉止焉。盖神明之尝志者也。

注释：

1. 挹：舀，把水盛出来。

巨灵劈华山

二华之山[1]，本一山也，当河，河水过之而曲行。河神巨灵，以手擘（bò）[2]开其上，以足蹈离其下，中分为两，以利河流。今观手迹于华岳上，指掌之形具在。脚迹在首阳山[3]下，至今犹存。故张衡作《西京赋》所称"巨灵赑屃（bì xì）[4]，高掌远迹，以流河曲"，是也。

注释：

1. 二华之山：指太华山与少华山。在今陕西华阴。
2. 擘：砍、劈。
3. 首阳山：又称雷首山，在今山西永济南。

4. 熊熊：形容强壮有力的样子。

霍山镬

汉武徙南岳之祭于庐江灊（qián）县[1] 霍山[2] 之上，无水。庙有四镬，可受四十斛。至祭时，水辄自满，用之足了，事毕即空。尘土树叶，莫之污也。积五十岁，岁作四祭。后但作三祭，一镬自败。

注释：
1. 灊县：古县名，汉代置灊县。县治在今安徽霍山县东北。
2. 霍山：又称天柱山，在霍山县西北。

樊山火

樊口[1] 之东有樊山，若天旱，以火烧山，即至大雨。今往有验。

注释：
1. 樊口：指今湖北鄂城西北地区。

孔窦泉

空桑[1] 之地，今名为孔窦，在鲁南山之穴。外有双石，如桓楹[2]

起立，高数丈。鲁人弦歌祭祀。穴中无水，每当祭时，洒扫以告，辄有清泉自石间出，足以周事。既已，泉亦止。其验至今存焉。

注释：

1. 空桑：又称"穷桑"，相传为孔子出生地。

2. 桓楹：指宫殿、桥梁、城垣、陵墓等建筑前兼作装饰用的巨大柱子。又称"华表"。

湘穴

湘穴中有黑土，岁大旱，人则共壅水以塞此穴，穴淹，则大雨立至。

龟化城

秦惠王[1]二十七年，使张仪筑成都城，屡颓。忽有大龟浮于江，至东子城东南隅而毙。仪[2]以问巫。巫曰："依龟筑之。"便就，故名龟化城。

注释：

1. 秦惠王：即秦惠文王，战国时期秦国国君。

2. 仪：张仪。战国时期秦国著名权谋家。

城陷湖

由拳[1]县，秦时长水县也。始皇时童谣曰："城门有血，城当陷没为湖。"有妪闻之，朝朝往窥。门将欲缚之，妪言其故。后门将以犬血涂门，妪见血，便走去。忽有大水欲没县。主簿令干入白令。令曰："何忽作鱼？"干曰："明府亦作鱼。"遂沦为湖。

注释：
1. 由拳：古县名，故治在今浙江嘉兴南。

马邑

秦时，筑城于武周塞[1]内，以备胡，城将成而崩者数焉。有马驰走，周旋反复。父老异之，因依马迹以筑城，城乃不崩，遂名马邑。其故城今在朔州[2]。

注释：
1. 武周塞：古代军事要塞，在今山西大同西。
2. 朔州：即今山西朔州。

天地劫灰

汉武帝凿昆明池[1]，极深，悉是灰墨，无复土。举朝不解，以问东方朔。朔曰："臣愚不足以知之。可试问西域人。"帝以朔不知，难以移问。

至后汉明帝时，西域道人入来洛阳。时有忆方朔言者，乃试以武帝时灰墨问之。道人云："经云：'天地大劫将尽，则劫烧。'此劫烧之余也。"乃知朔言有旨。

注释：

1.昆明池：湖沼名，汉代为练习水战而凿。

丹砂井

临沅[1]县有廖氏，世老寿。后移居，子孙辄残折。他人居其故宅，复累世寿。乃知是宅所为，不知何故。疑井水赤，乃掘井左右，得古人埋丹砂数十斛。丹汁入井，是以饮水而得寿。

注释：

1.临沅：古县名，故城在今湖南常德西。

江东余腹

江东名余腹者。昔吴王阖闾（hé lǘ）[1]江行，食脍[2]，有余，因弃中流，悉化为鱼。今鱼中有名吴王脍余者，长数寸，大者如箸，犹有脍形。

1. 阖闾：春秋后期吴国国君，著名军事家。
2. 脍：细切的鱼肉。

长卿

蟛蚏（péng yuè）[1]，蟹也。尝通梦于人，自称"长卿"。今临海人多以"长卿"呼之。

注释：
1. 蟛蚏：蟹的一种，体形小，足无毛。

青蚨

南方有虫，名蠜蝂（dūn yú），一名蝍蠋（zéi zhú），又名青蚨（fú）。形似蝉而稍大，味辛美，可食。生子必依草叶，大如蚕子，取其子，母即飞来，不以远近。虽潜取其子，母必知处。以母血涂钱八十一文，以子血涂钱八十一文，每市物，或先用母钱，或先用子钱，皆复飞归，轮转无已。故《淮南子术》[1]以之还钱，名曰"青蚨"。

注释：
1.《淮南子术》：即《淮南万毕术》。

216

蜾蠃

土蜂名曰蜾蠃，今世谓蚯蟱，细腰之类。其为物纯雄而无雌，不交不产，常取桑虫[1]或阜螽（zhōng）[2]子育之，则皆化成己子。亦或谓之"螟蛉"。《诗》曰："螟蛉[3]有子，果蠃负之。"是也。

注释：
1. 桑虫：桑树上一种小青虫。
2. 阜螽：蝗虫的幼虫。
3. 螟蛉：螟蛾的幼虫。

木蠹

木蠹（dù）[1]生虫，羽化[2]为蝶。

注释：
1. 蠹：蛀蚀。
2. 羽化：指昆虫由幼虫或者蛹蜕变为成虫长出翅膀的过程。

刺猬

猬多刺，故不便超逾杨柳。

火浣布

昆仑¹之墟，地首也。是惟帝之下都，故其外绝以弱水之深，又环以炎火之山。山上有鸟兽草木，皆生育滋长于炎火之中，故有火浣布²。非此山草木之皮枲（xǐ）³，则其鸟兽之毛也。汉世西域旧献此布，中间久绝。至魏初时，人疑其无有。文帝以为火性酷烈，无含生之气，著之《典论》⁴，明其不然之事，绝智者之听。及明帝立，诏三公曰："先帝昔著《典论》，不朽之格言。其刊石于庙门之外及太学，与石经⁵并，以永示来世。"至是，西域使人献火浣布袈裟，于是刊灭此论，而天下笑之。

注释：

1. 昆仑：传说中的仙山。

2. 火浣布：石棉布，传说将这种布放在火中即可浣洗干净。

3. 枲：大麻的雄株。

4. 《典论》：三国时期曹丕所著之书。

5. 石经：雕刻在石头上的儒家经典。

金燧

夫金之性一也，以五月丙午日中¹铸为阳燧²，以十一月壬子夜半铸为阴燧³。（言丙午日铸为阳燧，可取火；壬子夜铸为阴燧，可取水也）

注释：

1. 日中：正午。

2. 阳燧：古代利用日光取火的凹面镜。

3. 阴燧：古代月夜承接露水的盘子。

焦尾琴

汉灵帝时，陈留蔡邕[1]以数上书陈奏，忤上旨意，又内宠恶之，虑不免，乃亡命江海，远迹吴会[2]。至吴，吴人有烧桐以爨者，邕闻火烈声，曰："此良材也。"因请之，削以为琴，果有美音。而其尾焦，因名焦尾琴。

注释：

1. 蔡邕：东汉末年著名文学家，精通音律、书法等。

2. 吴会：东汉时期分会稽郡为吴郡与会稽郡，并称吴会。

柯亭竹

蔡邕尝至柯亭[1]，以竹为椽，邕仰盼之，曰："良竹也。"取以为笛，发声辽亮。

一云，邕告吴人曰："吾昔尝经会稽高迁亭，见屋东间第十六竹椽，可为笛。取用，果有异声。"

注释：

1. 柯亭：古地名，在今浙江绍兴西南。

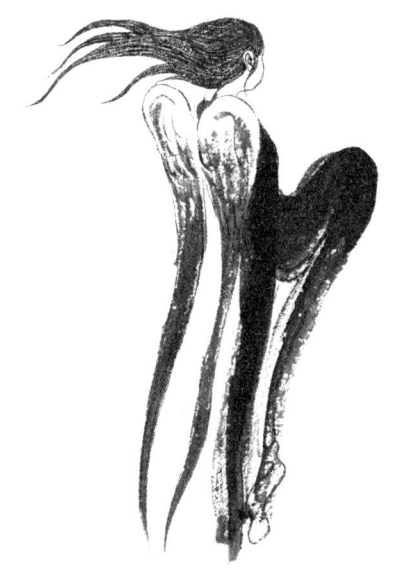

卷十四

蒙双氏

昔高阳氏[1]，有同产而为夫妇，帝放之于崆峒之野。相抱而死。神鸟以不死草覆之，七年，男女同体而生。二头，四手足，是为蒙双氏。

注释：
1. 高阳氏：即颛顼，上古五帝之一。

盘瓠

高辛氏[1]，有老妇人，居于王宫，得耳疾历时。医为挑治，出顶虫[2]，大如茧。妇人去后，置以瓠（nù）篱[3]，覆之以盘，俄尔顶虫乃化为犬，其文五色，因名盘瓠，遂畜之。

时戎吴[4]强盛，数侵边境，遣将征讨，不能擒胜。乃募天下有能得戎吴将军首者，购金千斤，封邑万户，又赐以少女。后盘瓠衔得一头，将造王阙。王诊视之，即是戎吴。为之奈何？群臣皆曰："盘瓠是畜，不可官秩，又不可妻。虽有功，无施也。"少女闻之，启王曰："人王既以我许天下矣。盘瓠衔首而来，为国除害，此天命使然，岂狗之智力哉。王者重言，伯者重信，不可以女子微躯，而负明约于天下，国之祸也。"王惧而从之，令少女从盘瓠。

盘瓠将女上南山，草木茂盛，无人行迹。于是女解去衣裳，为仆

竖之结 [5]，着独力之衣，随盘瓠升山，入谷，止于石室之中。王悲思之，遣往视觅，天辄风雨，岭震云晦，往者莫至。盖经三年，产六男、六女。盘瓠死后，自相配偶，因为夫妇。织绩木皮，染以草实。好五色衣服，裁制皆有尾形。

后母归，以语王，王遣使迎诸男女，天不复雨。衣服褊裢（biǎn lián）[6]，言语侏僚 [7]，饮食蹲踞，好山恶都。王顺其意，赐以名山广泽，号曰蛮夷。蛮夷者，外痴内黠，安土重旧，以其受异气于天命，故待以不常之律。田作贾贩，无关缛（rú）[8]、符传 [9]、租税之赋，有邑君长皆赐印绶。冠用獭皮，取其游食于水。今即梁 [10]、汉 [11]、巴 [12]、蜀 [13]、武陵 [14]、长沙 [15]、庐江 [16] 郡夷是也。用糁（sǎn）[17] 杂鱼肉，叩槽而号，以祭盘瓠，其俗至今。故世称"赤髀（bì）[18] 横裙，盘瓠子孙"。

注释：

1. 高辛氏：即帝喾，传说中的古代部族首领，上古五帝之一。

2. 顶虫：古代传说中长在头颅里的虫。

3. 瓠篱：破开葫芦而成的类似于瓢一样的器皿。

4. 戎吴：戎族的一个部落。

5. 结：同"髻"，发髻。

6. 褊裢：形容色彩斑斓的样子。

7. 侏僚：指方言怪异，难以听懂。

8. 关缛：出入关隘的凭证。

9. 符传：古代传达命令或调兵遣将的凭证。

10. 梁：梁州，古九州之一，三国时期魏国置梁州。

11. 汉：汉中郡，秦代置汉中郡。

12. 巴：巴郡，秦代置巴郡。

13. 蜀：蜀郡，秦代置蜀郡。

14. 武陵：郡名，西汉置武陵郡。

15. 长沙：郡国名，秦代置长沙郡，西汉改郡为长沙国。

16. 庐江：庐江郡，汉代置庐江郡。

17. 糁：米饭。

18. 髀：大腿。

夫余王

槁离[1]国王侍婢有娠，王欲杀之。婢曰："有气如鸡子，从天来下，故我有娠。"后生子，捐之猪圈中，猪以喙嘘之；徙至马枥[2]中，马复以气嘘之；故得不死。王疑以为天子也，乃令其母收畜之，名曰东明。常令牧马。东明善射，王恐其夺己国也，欲杀之。东明走，南至掩施水，以弓击水，鱼鳖浮为桥，东明得渡。鱼鳖解散，追兵不得渡。因都王夫余[3]。

注释：

1. 槁离：北夷国名。

2. 马枥：马槽。

3. 夫余：古国名，在今东北地区。

鹄苍衔卵

古徐国宫人娠而生卵，以为不祥，弃之水滨。有犬，名鹄苍，衔卵以归，遂生儿，为徐嗣君。后鹄苍临死，生角而九尾，实黄龙也。葬之徐里中。见有狗垄在焉。

谷乌菟

斗伯比[1]父早亡，随母归在舅姑之家。后长大，乃奸妘子[2]之女，生子文。其妘子妻耻女不嫁而生子。乃弃于山中。妘子游猎，见虎乳一小儿，归与妻言，妻曰："此是我女与伯比私通生此小儿。我耻之，送于山中。"妘子乃迎归养之，配其女与伯比。楚人因呼子文为谷乌菟。仕至楚相也。

注释：

1. 斗伯比：春秋时期楚君若敖之子。

2. 妘子：妘国国君。

齐顷公

齐惠公[1]之妾萧同叔子见御有身[2]，以其贱，不敢言也。取薪而生顷公[3]于野，又不敢举也。有狸乳而鹬[4]覆之。人见而收，因名曰无野。是为顷公。

注释：

1. 齐惠公：春秋时期齐国国君。

2. 见御有身：侍寝后怀孕。

3. 顷公：齐国国君，齐惠公之子。

4. 鹬：猛禽名。似鹞，羽毛青黄。

羌豪袁钊

袁钊者，羌豪[1]也。秦时拘执为奴隶，后得亡去。秦人追之急迫，藏于穴中，秦人焚之，有景相[2]如虎来为蔽，故得不死。诸羌神之，推以为君。其后种落炽盛。

注释：

1. 豪：首领，统帅。
2. 景相：即景象。形状、形象。

窦氏蛇

后汉定襄[1]太守窦奉[2]妻生子武，并生一蛇。奉送蛇于野中。及武长大，有海内俊名。母死，将葬，未窆，宾客聚集，有大蛇从林草中出，径来棺下，委地俯仰，以头击棺，血涕并流，状若哀恸，有顷而去。时人知为窦氏之祥。

注释：

1. 定襄：古郡名，故城在今内蒙古和林格尔西北土城子。
2. 窦奉：东汉时期曾任太襄太守，汉桓帝窦皇后的爷爷。

金龙池

晋怀帝永嘉中，有韩媪者，于野中见巨卵。持归育之，得婴儿，字日掘儿。方四岁，刘渊筑平阳城，不就，募能城者。掘儿应募。因变为蛇，令媪遗灰志其后。谓媪曰："凭灰筑城，城可立就。"竟如所言。渊怪之，遂投入山穴间，露尾数寸，使者斩之，忽有泉出穴中，汇为池，因名金龙池。

羽衣人

元帝永昌中，暨阳[1]人任谷因耕息于树下，忽有一人着羽衣就淫之。既而不知所在。谷遂有妊。积月，将产，羽衣人复来，以刀穿其阴下，出一蛇子便去。谷遂成宦者，诣阙[2]自陈，留于宫中。

注释：
1. 暨阳：古县名，晋代置暨阳郡。治所在今江苏江阴东南长寿镇南。
2. 阙：宫廷。

马皮蚕女

旧说太古之时，有大人远征，家无余人，唯有一女。牡马一匹，女亲养之。穷居幽处，思念其父，乃戏马曰："尔能为我迎得父还，吾将嫁汝。"马既承此言，乃绝缰而去，径至父所。父见马，惊喜，因取而乘之。马望所自来，悲鸣不已。父曰："此马无事如此，我家得无有故乎！"亟乘以归。为畜生有非常之情，故厚加刍养。马不肯食，每见女出入，辄喜怒奋击。如此非一。父怪之，密以问女，女具以告父，必为是故。父曰："勿言。恐辱家门。且莫出入。"于是

228

伏弩射杀之，暴皮于庭。父行，女以邻女于皮所戏，以足蹙[1]之曰："汝是畜生，而欲取人为妇耶！招此屠剥，如何自苦！"言未及竟，马皮蹶然而起，卷女以行。邻女忙怕，不敢救之，走告其父。父还求索，已出失之。后经数日，得于大树枝间，女及马皮，尽化为蚕，而绩于树上。其茧纶理厚大，异于常蚕。邻妇取而养之。其收数倍。因名其树曰桑。桑者，丧也。由斯百姓竞种之，今世所养是也。言桑蚕者，是古蚕之余类也。案《天官》[2]，辰为马星[3]。《蚕书》[4]曰："月当大火，则浴其种。"是蚕与马同气也。《周礼》[5]马质[6]职掌"禁原蚕者"注云："物莫能两大。禁原蚕者，为其伤马也。"汉礼，皇后亲采桑，祀蚕神，曰"菀窳妇人，寓氏公主[7]"。公主者，女之尊称也。菀窳妇人，先蚕者也。故今世或谓蚕为女儿者，是古之遗言也。

注释：

1. 蹙：通"蹴"，踢，踏。

2. 《天官》：指《周礼·天官》。

3. 辰为马星：古时以房星主车马，称之为天驷、房驷，又称辰星。

4. 《蚕书》：又称《蚕经》，论述养蚕的书籍。

5. 《周礼》：儒家经典，十三经之一。主要记载先秦时期社会政治、经济、文化、风俗、礼法诸制。

6. 马质：掌管买马、评定马优劣的官员。

7. 菀窳妇人，寓氏公主：汉代对蚕神的尊称。

嫦娥

羿[1]请无死之药于西王母，嫦娥[2]窃之以奔月，将往，枚筮[3]

之于有黄。有黄占之曰："吉。翩翩归妹，独将西行。逢天晦芒，毋恐毋惊，后且大昌。"嫦娥遂托身于月，是为蟾蜍[4]。

注释：

1. 羿：古代神话传说中射落九个太阳的人。

2. 嫦娥：羿的妻子。

3. 枚筮：古代占卜吉凶的占卜术。

4. 蟾蜍：即蟾蜍。

帝女化草

舌埵（duǒ）山[1]，帝之女死，化为怪草，其叶郁茂，其华黄色，其实如兔丝[2]。故服怪草者，恒媚于人焉。

注释：

1. 舌埵山：神话传说中的山名。

2. 兔丝：植物名，即女萝，一名菟丝子。

兰岩双鹤

荥阳[1]县南百余里，有兰岩山，峭拔千丈。常有双鹤，素羽皦（jiǎo）然，日夕偶影翔集。相传云："昔有夫妇隐此山，数百年，化为双鹤，不绝往来。忽一旦，一鹤为人所害，其一鹤岁常哀鸣。至今响动岩谷，莫知其年岁也。"

1. 荥阳：古县名，秦代置荥阳县。故城在今河南郑州荥阳。

羽衣女

豫章新喻[1]县男子，见田中有六七女，皆衣毛衣，不知是鸟。匍匐往，得其一女所解毛衣，取藏之，即往就诸鸟。诸鸟各飞去，一鸟独不得去。男子取以为妇，生三女。其母后使女问父，知衣在积稻下，得之，衣而飞去。后复以迎三女，女亦得飞去。

注释：

1. 新喻：古县名，三国时期吴国置新渝县，后讹传为新喻县。即今江西新余。

黄母化鼋

汉灵帝时，江夏黄氏之母浴盘水[1]中，久而不起，变为鼋矣。婢惊走告。比家人来，鼋转入深渊。其后时时出见。初浴，簪一银钗，犹在其首。于是黄氏累世不敢食鼋肉。

注释：

1. 盘水：水名，在今湖北房县南，神农架林区。

宋母化鳖

魏黄初中，清河[1]宋士宗母，夏天于浴室里浴，遣家中大小悉出，独在室中。良久，家人不解其意，于壁穿中窥之。不见人体，见盆水中有一大鳖。遂开户，大小悉入，了不与人相承。尝先着银钗，犹在头上。相与守之啼泣，无可奈何。意欲求去，永不可留。视之积日，转懈。自捉[2]出户外。其去甚驶，逐之不及，遂便入水。后数日，忽还，巡行宅舍如平生，了无所言而去。时人谓士宗应行丧治服，士宗以母形虽变，而生理尚存，竟不治丧。此与江夏黄母相似。

注释：

1. 清河：古郡国名，西汉置清河郡，东汉改郡为清河国。
2. 捉：同"促"，突然。

宣母化鼋

吴孙皓宝鼎元年六月晦[1]，丹阳宣骞母，年八十矣，亦因洗浴化为鼋。其状如黄氏。骞兄弟四人闭户卫之，掘堂上作大坎，泻水其中。鼋入坎游戏。一二日间，恒延颈外望。伺户小开，便轮转自跃入于深渊。遂不复还。

注释：

1. 晦：农历每月的最后一天。

老翁作怪

汉献帝建安中，东郡民家有怪；无故，瓮器自发訇訇作声，若有人击；盘案[1]在前，忽然便失，鸡生子，辄失去。如是数岁，人甚恶之。乃多作美食，覆盖，著一室中，阴藏户间窥伺之。果复重来，发声如前。闻，便闭户，周旋室中，了无所见。乃暗以杖挝（zhuā）[2]之。良久，于室隅间有所中，便闻呻吟之声，曰："唷（yòu）[3]！唷！宜死。"开户视之，得一老翁，可百余岁，言语了不相当，貌状颇类于兽。遂行推问，乃于数里外得其家，云："失来十余年。"得之哀喜。后岁余，复失之。闻陈留界复有怪如此。时人咸以为此翁。

注释：

1. 盘案：盛放食物的盘子和案几的统称。

2. 挝：捶打，敲打。

3. 唷：呻吟声。

卷十五

王道平妻

　　秦始皇时，有王道平，长安人也。少时，与同村人唐叔偕女，小名父喻，容色俱美，誓为夫妇。寻王道平被差征伐，落堕南国，九年不归。父母见女长成，即聘与刘祥为妻。女与道平，言誓甚重，不肯改事。父母逼迫，不免，出嫁刘祥。经三年，忽忽不乐，常思道平，忿怨之深，悒悒（yì）[1]而死。

　　死经三年，平还家，乃诘邻人："此女安在？"邻人云："此女意在于君，被父母凌逼，嫁与刘祥。今已死矣。"平问："墓在何处？"邻人引往墓所。平悲号哽咽，三呼女名，绕墓悲苦，不能自止。平乃祝曰："我与汝立誓天地，保其终身，岂料官有牵缠，致令乖隔，使汝父母与刘祥。既不契于初心，生死永诀。然汝有灵圣，使我见汝生平之面。若无神灵，从兹而别。"言讫，又复哀泣。

　　逡巡，其女魂自墓出，问平："何处而来？良久契阔[2]。与君誓为夫妇，以结终身，父母强逼，乃出聘刘祥。已经三年，日夕忆君，结恨致死，乖隔幽途。然念君宿念不忘，再求相慰，妾身未损，可以再生，还为夫妇。且速开冢破棺，出我即活。"平审言，乃启墓门，扪看其女，果活。乃结束随平还家。其夫刘祥闻之，惊怪，申诉于州县。检律断之，无条，乃录状奏王。王断归道平为妻。寿一百二十岁。实谓精诚贯于天地，而获感应如此。

注释：

1. 悒悒：忧郁，愁闷。

2. 契阔：久别。

河间女

晋惠帝世，河间[1]郡有男女私悦，许相配适。寻而男从军，积年不归。女家更欲适之，女不愿行，父母逼之，不得已而去，寻病死。其男戍还，问女所在，其家具说之。

乃至冢，欲哭之尽哀，而不胜其情，遂发冢，开棺，女即苏活，因负还家，将养数日，平复如初。

后夫闻，乃往求之。其人不还，曰："卿妇已死，天下岂闻死人可复活耶？此天赐我，非卿妇也。"于是相讼，郡县不能决，以谳（yàn）[2]廷尉，秘书郎王导[3]奏："以精诚之至，感于天地，故死而更生。此非常事，不得以常礼断之。请还开冢者。"朝廷从其议。

注释：

1. 河间：古郡国名，战国时期赵国置河间郡，汉代置河间国。

2. 谳：上报案情，请示。

3. 王导：字茂弘，永嘉之乱后，王导拥立司马睿建立东晋。

贾文合

汉献帝建安中，南阳贾偶，字文合，得病而亡。时有吏将诣太山[1]，司命阅簿，谓吏曰："当召某郡文合，何以召此人？可速遣之。"时日暮，遂至郭外树下宿。见一年少女独行，文合问曰："子类衣冠[2]，何乃徒步？姓字为谁？”女曰：“某三河[3]人，父见为弋阳[4]令。昨被召来，今却得还。遇日暮，惧获瓜田李下之讥。望君之容，必是贤者，是以停留，依凭左右。”文合曰：“悦子之心，愿交欢于今夕。”女曰：“闻之诸姑，女子以贞专为德，洁白为称。”文合反复与言，终无动志。

天明，各去。文合卒已再宿，停丧将殓，视其面，有色，扪心下，稍温。少顷，却苏。后文合欲验其实，遂至弋阳，修刺[5]谒令，因问曰：“君女宁卒而却苏耶？”具说女子姿质，服色，言语，相反覆本末。令入问女，所言皆同。乃大惊叹。竟以此女配文合焉。

注释：

1. 太山：即泰山，相传为阴曹地府所在。
2. 衣冠：代指士族，贵绅。
3. 三河：指河内、河东、河南三郡。
4. 弋阳：古县名，在今河南潢川西。
5. 修刺：准备名帖，作通报姓名用。

李娥

汉建安四年二月，武陵充县[1]妇人李娥，年六十岁，病卒，埋于城外，已十四日。娥比舍有蔡仲，闻娥富，谓殡当有金宝，乃盗发冢求金。以斧剖棺，斧数下，娥于棺中言曰：“蔡仲！汝护我头。”仲惊遽，便出走，会为县吏所见，遂收治。依法当弃市[2]。

娥儿闻母活，来迎出，将娥回去。武陵太守闻娥死复生，召见，问事状。娥对曰：“闻谬为司命所召，到时得遣出。过西门外，适见外兄刘伯文，惊相劳问，涕泣悲哀。娥语曰：‘伯文！我一日误为所召，今得遣归，既不知道，不能独行，为我得一伴否？又我见召在此，已十余日，形体又为家人所葬埋，归，当那得自出？'伯文曰：'当为问之。'即遣门卒与尸曹相问：'司命一日误召武陵女子李娥，今得遣还。娥在此积日，尸丧又当殡殓，当作何等得出？又女弱，独行，岂当有伴耶？是吾外妹，幸为便安之。'答曰：'今武陵西界，有男子李黑，亦得遣还，便可为伴。兼敕黑过娥比舍蔡仲，发出娥也。'于是娥遂得出。与伯文别，伯文曰：'书一封，以与儿佗。'娥遂与黑俱归。事状如此。"

太守闻之，慨然叹曰："天下事真不可知也。"乃表，以为："蔡仲虽发冢，为鬼神所使；虽欲无发，势不得已，宜加宽宥[3]。"诏书报可。太守欲验语虚实，即遣马吏于西界，推问李黑，得之，与黑语协。乃致伯文书与佗，佗识其纸，乃是父亡时送箱[4]中文书也。表文字犹在也，而书不可晓。乃请费长房[5]读之，曰："告佗，我当从府君出案行部，当以八月八日日中时，武陵城南沟水畔顿。汝是时必往。"

到期，悉将大小于城南待之。须臾果至。但闻人马隐隐之声，诣沟水，便闻有呼声曰："佗来！汝得我所寄李娥书不耶？"曰："即得之，故来至此。"伯文以次呼家中大小，久之，悲伤断绝，曰："死生异路，不能数得汝消息，吾亡后，儿孙乃尔许大！"良久，谓佗曰："来春大病，与此一丸药，以涂门户，则辟来年妖疠矣。"言讫，忽去，竟不得见其形。至来春，武陵果大病，白日皆见鬼，唯伯文之家，鬼不敢向。费长房视药丸，曰："此方相脑也。"

注释：

1. 充县：古县名，在今湖南桑植。

2. 弃市：指死刑。

3. 宽宥：宽恕，原谅。

4. 送箱：死者坟墓中陪葬的箱子。

5. 费长房：东汉方士。

史姁

汉陈留考城史姁，字威明，年少时，尝病，临死，谓母曰："我死当复生。埋我，以竹杖柱于瘗（yì）[1]上，若杖折，掘出我。"及死埋之，柱如其言。七日往视，杖果折。即掘出之，已活。走至井上，浴，平复如故。

后与邻船至下邳卖锄，不时售，云："欲归。"人不信之，曰："何有千里暂得归耶？"答曰："一宿便还。"即书，取报以为验实。一宿便还，果得报。考城令江夏郭贾和姊病，在乡里，欲急知消息，请往省之。路遥三千，再宿还报。

注释：

1.瘗：掩埋，埋藏。这里指坟墓。

贺瑀

会稽贺瑀，字彦琚，曾得疾，不知人，唯心下温，死三日，复苏。云："吏人将上天，见官府，入曲房，房中有层架，其上层有印，中层有剑，使瑀唯意所取。而短不及上层，取剑以出。门吏问：'何得？'云：'得剑。'曰：'恨不得印，可策百神，剑唯得使社公耳。'"疾愈，果有鬼来，称社公。

戴洋

戴洋，字国流，吴兴长城[1]人。年十二，病死。五日而苏。说死时，天使其为酒藏吏[2]，授符箓，给吏从幡麾，将上蓬莱、昆仑、积石[3]、太室[4]、庐、衡等山，既而遣归。妙解占候。知吴将亡，托病不仕，还乡里。行至濑乡，经老子祠，皆是洋昔死时所见使处，但不复见昔物耳。因问守藏应凤日："去二十余年，尝有人乘马东行，经老君祠而不下马，未达桥，坠马死者否？"凤言有之。所问之事，多与洋同。

注释：

1. 长城：古县名，县治在今浙江长兴东。
2. 酒藏吏：古代为朝廷掌管酿酒、藏酒等事的官员。
3. 积石：山名，即阿尼玛卿山。
4. 太室：山名，即嵩山。

柳荣张悌

吴临海松阳人柳荣，从吴相张悌至扬州。荣病死船中二日，军士已上岸，无有埋之者。忽然大叫，言："人缚军师！人缚军师！"声甚激扬。遂活。人问之。荣曰："上天北斗门下，卒[1]见人缚张悌，意中大愕，不觉大叫言：'何以缚军师？'门下人怒荣，叱逐使去。荣便怖惧，口余声发扬耳。"其日，悌即死战。荣至晋元帝时犹存。

注释：

1. 卒：通"猝"，突然。

马势妇

　　吴国富阳[1]人马势妇，姓蒋，村人应病死者，蒋辄恍惚熟眠经日，见病人死，然后省觉。觉则具说，家中人不信之。语人云："某中病，我欲杀之，怒强魂难杀，未即死。我入其家内，架上有白米饭，几种鲑（xié）[2]。我暂过灶下戏，婢无故犯我，我打其脊，使婢当时闷绝，久之乃苏。"其兄病，有乌衣人令杀之，向其请乞，终不下手。醒，乃语兄云，"当活"。

注释：

1. 富阳：古县名，秦代置富春县，东晋改为富阳。
2. 鲑：古代对鱼类菜肴的总称。

颜畿

　　晋咸宁二年十二月，琅邪颜畿，字世都，得病，就医张瑳使治，死于张家。棺敛已久。家人迎丧，旐（zhào）[1]每绕树木而不可解。人咸为之感伤。引丧者忽颠仆，称畿言曰："我寿命未应死，但服药太多，伤我五脏耳。今当复活，慎无葬也。"其父拊而祝之，曰："若尔有命，当复更生，岂非骨肉所愿？今但欲还家，不尔葬也。"旐乃解。

　　及还家，其妇梦之曰："吾当复生，可急开棺。"妇便说之。其夕，母及家人又梦之。即欲开棺，而父不听。其弟含，时尚少，乃慨然曰："非常之事，自古有之。今灵异至此，开棺之痛，孰与不开相负？"父母从之，乃共发棺，果有生验。以手刮棺，指爪尽伤，然气息甚微，存亡不分矣。于是急以绵饮沥口[2]，能咽，遂与出之。将护累

243

月，饮食稍多，能开目视瞻，屈伸手足，不与人相当。不能言语，饮食所须，托之以梦。如此者十余年。家人疲于供护，不复得操事。含乃弃绝人事，躬亲侍养，以知名州党。后更衰劣，卒复还死焉。

注释：

1. 旐：丧事用的一种魂幡。

2. 绵饮沥口：指用细棉沾水往嘴里滴，用来给昏迷的病人喂药。

羊祜

羊祜（hù）[1]年五岁时，令乳母取所弄金镮，乳母曰："汝先无此物。"祜即诣邻人李氏东垣桑树中探得之。主人惊曰："此吾亡儿所失物也，云何持去？"乳母具言之，李氏悲惋。时人异之。

注释：

1. 羊祜：字叔子，泰山人。晋武帝时为尚书右仆射。

西汉宫人

汉末，关中大乱，有发前汉宫人冢者，宫人犹活。既出，平复如旧。魏郭后爱念之，录置宫内，常在左右。问汉时宫中事，说之了了，皆有次绪。郭后崩，哭泣过哀，遂死。

棺中活妇

魏时太原[1]发冢，破棺，棺中有一生妇人。将出与语，生人也。送之京师，问其本事，不知也。视其冢上树木，可三十岁，不知此妇人三十岁常生于地中耶？将一朝欻生，偶与发冢者会也？

注释：

1. 太原：古郡名，秦代置太原郡。

杜锡婢

晋世杜锡，字世嘏，家葬而婢误不得出。后十余年，开冢祔（fù）葬[1]，而婢尚生。云："其始如瞑目，有顷渐觉。"问之，自谓："当一再宿耳。"初婢埋时，年十五六，及开冢后，姿质如故。更生十五六年，嫁之有子。

注释：

1. 祔葬：合葬。

冯贵人

汉桓帝冯贵人病亡。灵帝时有盗贼发冢。七十余年（按：《幽明录》作"三十余年"），颜色如故，但肉小冷。群贼共奸通之，至斗争相杀，然后事觉。后窦太后家被诛，欲以冯贵人配食[1]。下邳[2]陈

245

公达议："以贵人虽是先帝所幸，尸体秽污，不宜配至尊。"乃以窦太后配食。

注释：

1. 配食：袝祭。
2. 下邳：古郡国名，秦时置下邳县，东汉置下邳国，南朝改为下邳郡。

广陵墓

吴孙休时，戍将于广陵掘诸冢，取版以治城，所坏甚多。复发一大冢，内有重阁，户扇皆枢转可开闭，四周为徼（jiào）道[1]，通车，其高可以乘马，又铸铜人数十，长五尺，皆大冠，朱衣，执剑，侍列灵坐。皆刻铜人背后面壁，言殿中将军，或言侍郎、常侍，似公侯之冢。破其棺，棺中有人，发已班白，衣冠鲜明，面体如生人。棺中云母，厚尺许，以白玉璧三十枚藉尸。兵人辈共举出死人，以倚冢壁。有一玉，长尺许，形似冬瓜，从死人怀中透出，堕地。两耳及孔鼻中。皆有黄金，如枣许大。

注释：

1. 徼道：巡逻警戒的道路。

栾书墓

汉广川王[1]好发冢。发栾书[2]冢，其棺柩盟器，悉毁烂无余。唯

246

有一白狐，见人惊走。左右逐之，不得，戟伤其左足。是夕，王梦一丈夫，须眉尽白，来谓王曰："何故伤吾左足？"乃以杖叩王左足。王觉，肿痛，即生疮，至死不差。

注释：

1. 广川王：刘彭祖，汉景帝之子。

2. 栾书：春秋时期晋国将领，死后追谥栾武子。

・卷十六

三疫鬼

昔颛顼氏有三子，死而为疫鬼：一居江水，为疟鬼；一居若水，为魍魉鬼；一居人宫室，善惊人小儿，为小鬼。于是正岁[1]命方相氏[2]帅肆傩[3]以驱疫鬼。

注释：

1. 正岁：指古代夏历正月。

2. 方相氏：夏时官职名，掌管驱除疫鬼和山川精灵。

3. 傩：古代一种迎神驱鬼的风俗。

挽歌

挽歌者，丧家之乐，执绋者相和之声也。挽歌辞有《薤（xiè）露》[1]《蒿里》[2]二章。汉田横[3]门人作。横自杀，门人伤之，悲歌，言：人如薤上露，易晞灭；亦谓人死，精魂归于蒿里[4]。故有二章。

注释：

1. 《薤露》：汉代挽歌名，送王公贵族。

2. 《蒿里》：汉代挽歌名，送庶士大夫。

3. 田横：战国末期齐国人，因不愿向汉称臣自杀。

4.蒿里：泛指墓地，阴间。

阮瞻见鬼客

阮瞻字千里，素执无鬼论，物莫能难。每自谓此理足以辨正幽明。忽有客通名诣瞻，寒温毕，聊谈名理。客甚有才辨，瞻与之言良久，及鬼神之事，反复甚苦。客遂屈，乃作色曰："鬼神，古今圣贤所共传，君何得独言无？即仆便是鬼。"于是变为异形，须臾消灭。瞻默然，意色太恶。岁余，病卒。

黑衣白袷鬼

吴兴施续为寻阳督，能言论。有门生亦有理意，常秉无鬼论。忽有一黑衣白袷（jié）客来，与共语，遂及鬼神。移日，客辞屈，乃曰："君辞巧，理不足。仆即是鬼。何以云无？"问："鬼何以来？"答曰："受使来取君，期尽明日食时。"门生请乞，酸苦。鬼问："有人似君者否？"门生云："施续帐下都督，与仆相似。"便与俱往，与都督对坐。鬼手中出一铁凿，可尺余，安着都督头，便举椎打之。都督云："头觉微痛。"向来转剧，食顷便亡。

蒋济亡儿

　　蒋济字子通，楚国[1]平阿[2]人也。仕魏，为领军将军[3]。其妇梦见亡儿涕泣曰："死生异路。我生时为卿相子孙，今在地下为泰山伍伯[4]，憔悴困苦，不可复言。今太庙西讴士孙阿见召为泰山令，愿母为白侯[5]，属阿令转我得乐处。"言讫，母忽然惊寤。

　　明日以白济。济曰："梦为虚耳，不足怪也。"日暮，复梦曰："我来迎新君，止在庙下。未发之顷，暂得来归。新君明日日中当发。临发多事，不复得归。永辞于此。侯气强难感悟，故自诉于母，愿重启侯，何惜不一试验之？"遂道阿之形状言甚备悉。

　　天明，母重启济："虽云梦不足怪，此何太适适（dí）[6]，亦何惜不一验之？"济乃遣人诣太庙下推问孙阿，果得之，形状证验，悉如儿言。济涕泣曰："几负吾儿。"

　　于是乃见孙阿，具语其事。阿不惧当死，而喜得为泰山令，唯恐济言不信也，曰："若如节下[7]言，阿之愿也。不知贤子欲得何职？"济曰："随地下乐者与之。"阿曰："辄当奉教。"乃厚赏之。言讫，遣还。

　　济欲速知其验，从领军门至庙下，十步安一人以传消息。辰时，传阿心痛；巳时，传阿剧；日中，传阿亡。济曰："虽哀吾儿之不幸，且喜亡者有知。"后月余，儿复来，语母曰："已得转为录事[8]矣。"

注释：

1. 楚国：三国时期曹操儿子曹彪的封国。

2. 平阿：古县名，在今安徽怀远西南。

3. 领军将军：官职名，统率禁军。

4. 伍伯：鬼职，门卒差役，掌管开路、杖刑等。

5. 侯：指蒋济。

6. 适适：通"的的"，表示清楚明白。

7. 节下：对将领的敬称。

8. 录事：掌管文书的官员。

孤竹君

汉令支[1]县有孤竹城，古孤竹君之国也。灵帝光和元年，辽西人见辽水中有浮棺，欲斫破之，棺中人语曰："我是伯夷[2]之弟，孤竹君也。海水坏我棺椁，是以漂流。汝斫我何为？"人惧，不敢斫。因为立庙祠祀。吏民有欲发视者，皆无病而死。

注释：

1. 令支：古县名，又作"离支"。故城在今河北迁安西。

2. 伯夷：商朝孤竹君长子，伯夷弟名叔齐。武王伐纣，伯夷兄弟二人以为不义，叩马谏阻，武王灭纣后，伯夷兄弟因耻食周粟而饿死。

温序死节

温序，字公次，太原[1]祁[2]人也，任护军校尉，行部至陇西[3]，为隗嚣[4]将所劫，欲生降之。序大怒，以节挝杀人，贼趋，欲杀序，苟宇[5]止之曰："义士欲死节。"赐剑，令自裁。序受剑，衔须着口中，叹曰："无令须污土。"遂伏剑死。世祖怜之，送葬到洛阳城旁，为筑冢。长子寿，为印平侯，梦序告之曰："久客思乡。"寿即弃官，上书乞骸骨归葬。帝许之。

254

注释：

1. 太原：古郡名，秦代置太原郡。郡治在今山西太原西南汾水东岸。

2. 祁：古县名，西汉置祁县。故城在今山西祁县古县镇。

3. 陇西：指六盘山以西的地区，秦代置陇西郡。郡治在今甘肃临洮。

4. 隗嚣：西汉末期天水人，曾于讨伐王莽时被拥立为王，后归降汉室。

5. 荀宇：隗嚣部将。

文颖移棺

汉南阳文颖，字叔良，建安中为甘陵[1]府丞。过界止宿。夜三鼓时，梦见一人跪前曰："昔我先人，葬我于此，水来湍墓，棺木溺，渍水处半，然无以自温。闻君在此，故来相依。欲屈明日暂住须臾，幸为相迁高燥处。"鬼披衣示颖，而皆沾湿。

颖心怆然，即寤，语诸左右，曰："梦为虚耳，亦何足怪。"颖乃还眠。向晨复梦见，谓颖曰："我以穷苦告君，奈何不相愍悼乎？"颖梦中问曰："子为谁？"对曰："吾本赵人，今属汪芒[2]氏之神。"颖曰："子棺今何所在？"对曰："近在君帐北十数步，水侧枯杨树下，即是吾也。天将明，不复得见，君必念之。"颖答曰："喏！"忽然便寤。

天明，可发。颖曰："虽云梦不足怪，此何太适。"左右曰："亦何惜须臾，不验之耶？"颖即起，率十数人将导顺水上，果得一枯杨，曰："是矣。"掘其下，未几，果得棺。棺甚朽坏，没半水中。颖谓左右曰："向闻于人，谓之虚矣。世俗所传，不可无验。"为移其棺，葬之而去。

255

注释：

1. 甘陵：古郡国名，在今山东清河县清平镇。
2. 汪芒：古国名，在今浙江德清县武康镇。

鹄奔亭女鬼

汉九江何敞为交趾刺史，行部到苍梧郡高要县，暮宿鹄奔亭。夜犹未半，有一女从楼下出，呼曰："妾姓苏，名娥，字始珠，本居广信县，修里人。早失父母，又无兄弟，嫁与同县施氏，薄命夫死，有杂缯帛百二十匹，及婢一人，名致富。妾孤穷羸弱，不能自振，欲之旁县卖缯。从同县男子王伯赁牛车一乘，直钱万二千，载妾并缯，令致富执辔，乃以前年四月十日到此亭外。于时日已向暮，行人断绝，不敢复进，因即留止。致富暴得腹痛，妾之亭长舍乞浆，取火。亭长龚寿，操戈持戟，来至车旁，问妾曰：'夫人从何所来？车上所载何物？丈夫安在？何故独行？'妾应曰：'何劳问之？'寿因持妾臂曰：'少年爱有色，冀可乐也。'妾惧怖不从，寿即持刀刺胁下，一创立死。又刺致富，亦死。寿掘楼下，合埋，妾在下，婢在上。取财物去，杀牛，烧车，车釭（gāng）[1]及牛骨，贮亭东空井中。妾既冤死，痛感皇天，无所告诉，故来自归于明使君。"敞曰："今欲发出汝尸，以何为验？"女曰："妾上下着白衣，青丝履，犹未朽也。愿访乡里，以骸骨归死夫。"掘之，果然。敞乃驰还，遣吏捕捉，拷问，具服。下广信县验问，与娥语合。寿父母兄弟，悉捕系狱。敞表寿："常律杀人不至族诛。然寿为恶首，隐密数年，王法自所不免。令鬼神诉者，千载无一。请皆斩之，以明鬼神，以助阴诛[2]。"上报听之。

注释：

1. 釭：车轮的车毂内外口的铁圈，用以穿轴。

2. 阴诛：冥冥之中受到的惩罚。

曹公船

濡（rú）须[1]口有大船，船覆在水中，水小时便出见。长老云："是曹公[2]船。"尝有渔人夜宿其旁，以船系之，但闻竽笛弦歌之音，又香气非常。渔人始得眠，梦人驱遣云："勿近官妓[3]。"相传云曹公载妓，船覆于此，至今在焉。

注释：

1. 濡须：即今漕河。濡须口为濡须水入江口。

2. 曹公：即曹操。

3. 官妓：古代官府供养的乐妓。

苟奴见鬼

夏侯恺，字万仁，因病死。宗人[1]儿苟奴素见鬼。见恺数归，欲取马，并病其妻。着平上帻[2]，单衣，入坐生时西壁大床[3]，就人觅茶饮。

注释：

1. 宗人：古代官职名，掌管宗庙、谱牒、祭祀等。

2. 平上帻：魏晋时期武官戴的一种平顶头巾。

3. 床：古代的一种坐具。

产亡点面

诸仲务一女显姨，嫁为米元宗妻，产亡于家。俗闻，产亡者，以墨点面。其母不忍，仲务密自点之，无人见者。元宗为始新[1]县丞[2]，梦其妻来上床，分明见新白妆面上有黑点。

注释：

1. 始新：古县名，东汉置始新县，县治在今浙江淳安县西北。

2. 县丞：官职名，辅佐令长。

弓弩射鬼

晋世新蔡王昭平，犊车[1]在厅事上，夜无故自入斋室[2]中，触壁而出。后又数闻呼噪攻击之声四面而来。昭乃聚众设弓弩战斗之备，指声弓弩俱发，而鬼应声接矢数枚，皆倒入土中。

注释：

1. 犊车：牛车。

2. 斋室：斋戒时的居室。

杨度遇鬼

吴赤乌三年，句章[1]民杨度至余姚。夜行，有一年少，持琵琶，求寄载。度受之。鼓琵琶数十曲，曲毕，乃吐舌，擘目，以怖度而去。复行二十里许，又见一老父，自云姓王名戒。因复载之。谓曰："鬼工鼓琵琶，甚哀。"戒曰："我亦能鼓。"即是向鬼。复擘眼吐舌，度怖几死。

注释：
1. 句章：古县名，县治在今浙江余姚东南。

秦巨伯斗鬼

琅琊秦巨伯，年六十，尝夜行饮酒，道经蓬山庙，忽见其两孙迎之。扶持百余步，便捉伯颈着地，骂："老奴，汝某日捶我，我今当杀汝。"伯思惟某时信捶此孙。伯乃佯死，乃置伯去。

伯归家，欲治两孙，两孙惊惋，叩头言："为子孙宁可有此？恐是鬼魅，乞更试之。"伯意悟，数日，乃诈醉，行此庙间，复见两孙来扶持伯。伯乃急持，鬼动作不得。达家，乃是两偶人也。伯着火炙之，腹背俱焦坼。出着庭中，夜皆亡去。伯恨不得杀之。

后月余，又佯酒醉夜行，怀刃以去，家不知也。极夜不还，其孙恐又为此鬼所困，乃俱往迎伯。伯竟刺杀之。

三醉鬼

汉武建元年，东莱人姓池，家常作酒。一日，见三奇客，共持面饭至，索其酒饮，饮竟而去。顷之，有人来云见三鬼酣醉于林中。

钱小小

吴先主杀武卫兵钱小小，形见大街，顾借赁人吴永，使永送书与街南庙。借木马二匹，以酒噀（xùn）[1]之，皆成好马，鞍勒俱全。

注释：
1. 噀：含在口里喷出。

宗定伯卖鬼

南阳宗定伯年少时，夜行逢鬼。问之，鬼言："我是鬼。"鬼问："汝复谁？"定伯诳之，言："我亦鬼。"鬼问："欲至何所？"答曰："欲至宛[1]市。"鬼言："我亦欲至宛市。"遂行数里。

鬼言："步行太迟，可共递相担，何如？"定伯曰："大善。"鬼便先担定伯数里。鬼言："卿太重，将非鬼也？"定伯言："我新鬼，故身重耳。"定伯因复担鬼，鬼略无重。如是再三。定伯复言："我新鬼，不知有何所畏忌？"鬼答言："惟不喜人唾。"于是共行。道遇水，定伯令鬼先渡，听之，了然无声音。定伯自渡，漕漼（cuǐ）[2]作声。鬼复言："何以有声？"定伯曰："新死，不习渡水故耳。勿怪吾也。"

行欲至宛市，定伯便担鬼着肩上，急执之。鬼大呼，声咋咋然，索下，不复听之。径至宛市中，下着地，化为一羊，便卖之。恐其变化，唾之。得钱千五百，乃去。当时石崇³有言："定伯卖鬼，得钱千五。"

注释：

1. 宛：古县名，即今河南南阳。

2. 漕漼：拟声词，形容水的声音。

3. 石崇：西晋时期人，淮南王司马允政变失败，石崇被诬同党被杀。

紫玉与韩重

吴王夫差小女名曰紫玉，年十八，才貌俱美。童子韩重，年十九，有道术。女悦之，私交信问，许为之妻。重学于齐、鲁之间，临去，属其父母使求婚。王怒、不与女。玉结气死，葬阊门¹之外。

三年，重归，诘其父母。父母曰："王大怒，玉结气死，已葬矣。"重哭泣哀恸²，具牲币往吊于墓前。玉魂从墓出，见重流涕，谓曰："昔尔行之后，令二亲从王相求，度必克从大愿；不图别后遭命，奈何！"玉乃左顾宛颈而歌曰：

> 南山有乌，北山张罗。
> 乌既高飞，罗将奈何！
> 意欲从君，谗言孔多。
> 悲结生疾，没命黄垆³。
> 命之不造，冤如之何！

羽族之长，名为凤凰；

一日失雄，三年感伤。

虽有众鸟，不为匹双。

故见鄙姿，逢君辉光。

身远心近，何当暂忘。

歌毕，歔欷流涕，要重还冢。

重曰："死生异路，惧有尤愆（qiān）[4]，不敢承命。"玉曰："死生异路，吾亦知之。然今一别，永无后期。子将畏我为鬼而祸子乎？欲诚所奉，宁不相信。"重感其言，送之还冢。玉与之饮讌[5]，留三日三夜，尽夫妇之礼。临出，取径寸明珠以送重，曰："既毁其名，又绝其愿，复何言哉！时节自爱。若至吾家，致敬大王。"

重既出，遂诣王，自说其事。王大怒曰："吾女既死，而重造诐言，以玷秽亡灵。此不过发冢取物，托以鬼神。"趣收重。重走脱至玉墓所，诉之。玉曰："无忧。今归白王。"王妆梳，忽见玉，惊愕悲喜，问曰："尔缘何生？"玉跪而言曰："昔诸生韩重来求玉，大王不许，玉名毁，义绝，自致身亡。重从远还，闻玉已死，故赍牲币[6]，诣冢吊唁。感其笃终[7]，辄与相见，因以珠遗之。不为发冢，愿勿推治。"夫人闻之，出而抱之，玉如烟然。

注释：

1. 阊门：苏州城门名。

2. 哀恸：形容悲痛至极。

3. 黄垆：黄泉。

4. 尤愆：罪过，灾难。

5. 讌：通"宴"，宴会。

6. 牲币：泛指祭祀品。

7. 笃终：古代送葬的礼制。

驸马都尉

陇西辛道度者，游学至雍州[1]城四五里，比见一大宅，有青衣女子在门。度诣门下求飧（sūn）[2]。女子入告秦女，女命召入。度趋[3]入阁中，秦女于西榻而坐。度称姓名，叙起居，既毕，命东榻而坐。即治饮馔。

食讫，女谓度曰："我秦闵王女，出聘曹国，不幸无夫而亡。亡来已二十三年，独居此宅。今日君来，愿为夫妇。"经三宿三日后，女即自言曰："君是生人，我鬼也。共君宿契，此会可三宵，不可久居，当有祸矣。然兹信宿，未悉绸缪[4]，既已分飞，将何表信于郎？"即命取床后盒子开之，取金枕一枚，与度为信。乃分袂（mèi）泣别，即遣青衣送出门外。未逾数步，不见舍宇，唯有一冢。度当时荒忙出走，视其金枕在怀，乃无异变。

寻至秦国，以枕于市货之。恰遇秦妃东游，亲见度卖金枕，疑而索看，诘度何处得来？度具以告。妃闻，悲泣不能自胜。然尚疑耳，乃遣人发冢启柩视之，原葬悉在，唯不见枕。解体看之，交情宛若。秦妃始信之。叹曰："我女大圣，死经二十三年，犹能与生人交往。此是我真女婿也。"遂封度为驸马都尉[5]，赐金帛车马，令还本国。因此以来，后人名女婿为驸马。今之国婿，亦为驸马矣。

注释：

1. 雍州：古九州之一，辖境在今陕西中部北部、甘肃西北部、青海东北部和宁夏回族自治区一带。

2. 飧：粗简饭食。

3. 趋：古代的一种礼节，碎步疾行表示尊敬的意思。

4. 绸缪：形容缠绵难解的男女情意。

5. 驸马都尉：古代官职名，后成为帝王女婿的专称。

谈生妻鬼

汉谈生者，年四十，无妇，常感激读《诗经》。夜半，有女子，年可十五六，姿颜服饰天下无双，来就生，为夫妇。乃言曰："我与人不同，勿以火照我也。三年之后，方可照耳。"与为夫妇，生一儿，已二岁，不能忍，夜伺其寝后，盗照视之。其腰已上生肉，如人，腰已下，但有枯骨。妇觉，遂言曰："君负我。我垂生矣，何不能忍一岁，而竟相照也？"生辞谢。涕泣不可复止，云："与君虽大义永离，然顾念我儿，若贫不能自偕活者，暂随我去，方遗君物。"生随之去，入华堂，室宇器物不凡。以一珠袍与之，曰："可以自给。"裂取生衣裾留之而去。后生持袍诣市，睢阳[1]王家买之，得钱千万。王识之曰："是我女袍，那得在市？此必发冢。"乃取拷之。生具以实对，王犹不信，乃视女冢，冢完如故。发视之，棺盖下果得衣裾。呼其儿视，正类王女。王乃信之。即召谈生，复赐遗之，以为女婿。表其儿为郎中。

注释：
1. 睢阳：古县名，县治在今河南商丘南。

卢充幽婚

卢充者，范阳[1]人。家西三十里，有崔少府[2]墓。充年二十，先冬至一日，出宅西猎戏。见一獐，举弓而射，中之，獐倒，复起。充因逐之，不觉远。忽见道北一里许，高门瓦屋，四周有如府舍，不复见獐。门中一铃下唱："客前。"充曰："此何府也？"答曰："少府府也。"充曰："我衣恶，那得见少府？"即有一人提一襆（fú）[3]新衣，曰："府君以此遗郎。"充便着讫，进见少府。展姓名。酒炙[4]数行。谓充曰："尊府君不以仆门鄙陋，近得书，为君索小女婚，故相迎耳。"便以书示充。充父亡时虽小，然已识父手迹，即歔欷，无复辞免。便敕内："卢郎已来，可令女郎妆严[5]。"且语充云："君可就东廊。"及至黄昏，内白："女郎妆严已毕。"充既至东廊，女已下车，立席头，却共拜。时为三日给食。三日毕，崔谓充曰："君可归矣。女有娠相，若生男，当以相还，无相疑。生女，当留自养。"敕外严车送客。充便辞出。崔送至中门，执手涕零。出门，见一犊车，驾青牛。又见本所着衣及弓箭，故在门外。寻传教将一人提襆衣与充，相问曰："姻缘始尔，别甚怅恨。今复致衣一袭，被褥自副。"充上车，去如电逝，须臾至家。家人相见悲喜。推问，知崔是亡人，而入其墓。追以懊惋。

别后四年，三月三日，充临水戏，忽见水旁有二犊车，乍沉乍浮。既而近岸，同坐皆见。而充往开车后户，见崔氏女与三岁男共载。充见之忻然，欲捉其手，女举手指后车曰："府君见人。"即见少府。充往问讯，女抱儿还充，又与金鋺（wǎn）[6]，并赠诗曰：

　　煌煌灵芝质，光丽何猗猗！
　　华艳当时显，嘉异表神奇。
　　含英未及秀，中夏罹霜萎。
　　荣耀长幽灭，世路永无施。
　　不悟阴阳运，哲人忽来仪。
　　会浅离别速，皆由灵与只。
　　何以赠余亲，金鋺可颐儿。
　　恩爱从此别，断肠伤肝脾。

充取儿、鋺及诗，忽然不见二车处。充将儿还，四坐谓是鬼魅，佥（qiān）[7]遥唾之，形如故。问儿："谁是汝父？"儿径就充怀。众初怪恶，传省其诗，慨然叹死生之玄通也。充后乘车入市卖鋺，高举其价，不欲速售，冀有识。欻有一老婢识此，还白大家[8]曰："市中见一人，乘车，卖崔氏女郎棺中鋺。"

大家，即崔氏亲姨母也，遣儿视之，果如其婢言。上车，叙姓名。语充曰："昔我姨嫁少府，生女，未出而亡。家亲痛之，赠一金鋺，着棺中。可说得鋺本末。"充以事对。此儿亦为之悲咽。赍还白母，母即令诣充家，迎儿视之。诸亲悉集。儿有崔氏之状，又复似充貌。儿、鋺俱验。

姨母曰："我外甥三月末间产。父曰：'春，暖温也。愿休强也。'即字温休。温休者，盖幽婚也，其兆先彰矣。"儿遂成令器，历郡守二千石，子孙冠盖相承。至今，其后植，字子干，有名天下。

注释：

1. 范阳：古郡名，三国时置范阳郡。郡治在今河北涿州。

2. 少府：官职名，九卿之一。主管山海地泽收入和皇室手工业制造，为皇帝私府。

3. 襆：古代包裹衣物的被单、巾帕。

4. 酒炙：泛指菜肴。

5. 妆严：梳妆打扮。

6. 鋺：同"碗"。

7. 金：都。

8. 大家：奴仆对主人的尊称。

西门亭鬼魅

后汉时，汝南汝阳西门亭有鬼魅，宾客止宿，辄有死亡。其厉厌者，皆亡发失精。寻问其故，云："先时颇已有怪物。其后，郡侍奉掾[1]宜禄[2]郑奇来，去亭六七里，有一端正妇人乞寄载，奇初难之，然后上车，入亭，趋至楼下。亭卒白：'楼不可上。'奇云：'吾不恐也。'时亦昏冥，遂上楼，与妇人栖宿。未明，发去。亭卒上楼扫除，见一死妇，大惊，走白亭长。亭长击鼓，会诸庐[3]吏共集诊之。乃亭西北八里吴氏妇。新亡，夜临殡火灭，及火至，失之。其家即持去。奇发，行数里，腹痛，到南顿[4]利阳亭，加剧，物故[5]。"楼遂无敢复上。

注释：

1. 郡侍奉掾：郡守的属官。

2. 宜禄：古县名，在今河南沈丘北。

3. 庐：古代设于路边迎候宾客的房舍。

4. 南顿：地名，在今河南项城西郊。

5. 物故：死亡。

钟繇

颍川钟繇[1]，字符常，尝数月不朝会，意性[2]异常。或问其故，云："常有好妇来，美丽非凡。"问者曰："必是鬼物，可杀之。"妇人后往，不即前，止户外。繇问："何以？"曰："公有相杀意。"繇曰："无此。"勤勤呼之，乃入。繇意恨，有不忍之，然犹斫之，伤髀[3]。妇人即出，以新绵拭，血竟路。明日，使人寻迹之，至一大冢。木中有好妇人，形体如生人，着白练衫，丹绣裲（liǎng）裆[4]。伤左髀，以裲裆中绵拭血。

注释：

1. 钟繇：三国时期人，魏文帝时位居三公。

2. 意性：意识，举止。

3. 髀：大腿。

4. 裲裆：古代一种形似今背心的短衣。

卷十七

鬼扮张汉直

陈国[1]张汉直到南阳从京兆尹延叔坚[2]学《左氏传》[3]。行后数月，鬼物持其妹，为之扬言曰："我病死，丧在陌上，常苦饥寒。操二三量不借[4]挂屋后楮上，傅子方送我五百钱，在北墉下，皆亡取之。又买李幼一头牛，本券在书箧（qiè）[5]中。"往索取之，悉如其言。妇尚不知有此妹，新从婿家来，非其所及。家人哀伤，益以为审。父母诸弟衰绖（dié）[6]到来迎丧，去舍数里，遇汉直与诸生十余人相追。汉直顾见家人，怪其如此。家见汉直，谓其鬼也。怅惘良久。汉直乃前为父拜，说其本末，且悲且喜。凡所闻见，若此非一，得知妖物之为。

注释：

1. 陈国：春秋时期诸侯国名，后为楚国所灭。

2. 延叔坚：名延笃，东汉时期南阳人。

3. 《左氏传》：即《春秋左氏传》，相传为春秋末期鲁国人左丘明所著。

4. 不借：草鞋。

5. 书箧：装书的小箱子。

6. 衰绖：穿丧服。

贞洁先生范丹

汉陈留外黄[1]范丹,字史云。少为尉从佐使[2]檄谒督邮。丹有志节,自恚(huì)为厮役小吏,乃于陈留大泽中杀所乘马,捐弃官帻,诈逢劫者。有神下其家曰:"我史云也。为劫人所杀。疾取我衣于陈留大泽中。"家取得一帻。丹遂之南郡,转入三辅,从英贤游学,十三年乃归,家人不复识焉。陈留人高其志行,及没,号曰贞节先生。

注释:

1. 外黄:古县名,县治在今河南民权西北。
2. 尉从佐使:县尉属下的佐吏。

费季客楚

吴人费季,久客于楚。时道多劫,妻常忧之。季与同辈旅宿庐山下,各相问出家几时。季曰:"吾去家已数年矣。临来,与妻别,就求金钗以行,欲观其志当与吾否耳。得钗,乃以着户楣[1]上。临发,失与道,此钗故当在户上也。"尔夕,其妻梦季曰:"吾行遇盗,死已二年。若不信吾言,吾行时,取汝钗,遂不以行,留在户楣上,可往取之。"妻觉,揣钗,得之,家遂发丧。后一年余,季乃归还。

注释:

1. 楣:门楣,门框上边的横木。

虞定国

余姚[1]虞定国，有好仪容。同县苏氏女，亦有美色。定国常见，悦之。后见定国来，主人留宿，中夜，告苏公曰："贤女令色，意甚钦之。此夕能令暂出否？"主人以其乡里贵人，便令女出从之。往来渐数，语苏公云："无以相报。若有官事，某为君任之。"主人喜。自尔后，有役召事，往造定国。定国大惊曰："都未尝面命，何由便尔？此必有异。"具说之。定国曰："仆宁肯请人之父而淫人之女。若复见来，便当斫之。"后果得怪。

注释：

1.余姚：县名，秦代置余姚县。即今浙江余姚。

蝉妖

吴孙皓世，淮南内史朱诞，字永长，为建安[1]太守。诞给使[2]妻有鬼病，其夫疑之为奸。后出行，密穿壁隙窥之，正见妻在机中织，遥瞻桑树上，向之言笑。给使仰视树上，有一年少人，可十四五，衣青衿袖，青幓（qiāo）头[3]。给使以为信人也，张弩射之，化为鸣蝉，其大如箕，翔然飞去。妻亦应声惊曰："噫！人射汝。"给使怪其故。

后久时，给使见二小儿在陌上共语。曰："何以不复见汝？"其一，即树上小儿也，答曰："前不幸为人所射，病疮积时。"彼儿曰："今何如？"曰："赖朱府君梁上膏以傅之，得愈。"

给使白诞曰："人盗君膏药，颇知之否？"诞曰："吾膏久致梁上，人安得盗之？"给使曰："不然。府君视之。"诞殊不信，试为视之，封题如故。诞曰："小人故妄言，膏自如故。"给使曰："试

273

开之。"则膏去半。为掊（póu）[4]刮，见有趾迹。诞因大惊，乃详问之。具道本末。

注释：

1. 建安：古郡名，郡治在今福建建瓯。
2. 给使：供差役的人。
3. 帻头：古代男子束发的头巾。
4. 掊：以手、爪或工具刨土掘物。

嘉兴狸妖

吴时，嘉兴倪彦思居县西埏（yán）里[1]，忽见鬼魅入其家，与人语，饮食如人，唯不见形。

彦思奴婢有窃骂大家者，云："今当以语。"彦思治之，无敢詈之者。

彦思有小妻，魅从求之，彦思乃迎道士逐之。酒殽（yáo）既设，魅乃取厕中草粪，布着其上。道士便盛击鼓，召请诸神。魅乃取伏虎[2]，于神座上吹作角声音。有顷。道士忽觉背上冷，惊起解衣，乃伏虎也。于是道士罢去。

彦思夜于被中窃与妪语，共患此魅。魅即屋梁上谓彦思曰："汝与妇道吾，吾今当截汝屋梁。"即隆隆有声。彦思惧梁断，取火照视，魅即灭火。截梁声愈急。彦思惧屋坏，大小悉遣出，更取火，视梁如故。魅大笑，问彦思："复道吾否？"

郡中典农[3]闻之，曰："此神正当是狸物耳。"魅即往谓典农曰："汝取官若干百斛谷，藏着某处，为吏污秽，而敢论吾！今当白于官，将人取汝所盗谷。"典农大怖而谢之。自后无敢道者。三年后去，不知所在。

注释：

1. 埏里：地名。

2. 伏虎：即虎子，状似卧虎，其作用一说为溺器，一说为水器。

3. 典农：官职名，即典农校尉，主管各县的农业生产活动。

顿丘魅

魏黄初中，顿丘[1]界有人骑马夜行，见道中有一物，大如兔，两眼如镜，跳跃马前，令不得前。人遂惊惧，堕马。魅便就地捉之。惊怖，暴死，良久得苏。苏，已失魅，不知所在。乃更上马。

前行数里，逢一人，相问讯已，因说："向者事变如此，今相得为伴，甚欢。"人曰："我独行，得君为伴，快不可言。君马行疾，且前，我在后相随也。"遂共行。语曰："向者物何如，乃令君怖惧耶？"对曰："其身如兔，两眼如镜，形甚可恶。"伴曰："试顾视我耶？"人顾视之，犹复是也。魅便跳上马。人遂坠地，怖死。家人怪马独归，即行推索，乃于道边得之。宿昔乃苏，说状如是。

注释：

1. 顿丘：古县名，在今河南清丰西南。

度朔君

袁绍字本初，在冀州[1]，有神出河东[2]，号度朔君，百姓共为立庙。庙有主簿，大福[3]。陈留蔡庸为清河太守，过谒庙。有子名道，亡

275

已三十年，度朔君为庸设酒，曰："贵子昔来，欲相见。"须臾子来。

度朔君自云父祖昔作兖州，有一士姓苏，母病，往祷。主簿云："君逢天士留待。"闻西北有鼓声，而君至。须臾，一客来，着皂角单衣，头上五色毛，长数寸。去后，复一人，着白布单衣，高冠，冠似鱼头，谓君曰："昔临庐山，共食白李，忆之未久，已三千岁。日月易得，使人怅然。"去后，君谓士曰："先来，南海君也。"士是书生，君明通五经，善《礼记》，与士论礼，士不如也。士乞救母病。君曰："卿所居东有故桥，坏久之，此桥乡人所行，卿母犯之。卿能复桥，便差。"

曹公讨袁谭[4]，使人从庙换千匹绢，君不与。曹公遣张郃[5]毁庙。未至百里，君遣兵数万，方道而来。郃未达二里，云雾绕郃军，不知庙处。君语主簿："曹公气盛，宜避之。"后苏并邻家有神下，识君声，云："昔移入湖，阔绝三年，乃遣人与曹公相闻："欲修故庙，地衰不中居，欲寄住。"公曰："甚善。"治城北楼以居之。数日，曹公猎得物，大如麑（ní）[6]，大足，色白如雪，毛软滑可爱。公以摩面，莫能名也。夜闻楼上哭云："小儿出行不还。"公拊掌曰："此物合衰也。"晨将数百犬，绕楼下，犬得气，冲突内外。见有物大如驴，自投楼下。犬杀之。庙神乃绝。

注释：

1. 冀州：古九州之一，汉武帝时为十三刺史部之一。大致在今河北中南部、山东西部和河南北部。

2. 河东：古郡名，秦代置河东郡。在今山西夏县北。

3. 大福：表示祭祀所用的酒肉很丰盛。

4. 袁谭：袁绍之子。

5. 张郃：三国时期名将，初从袁绍，后归曹操。

6. 麑：幼鹿。

竹中人

临川陈臣家大富。永初元年，臣在斋中坐，其宅内有一町 (tǐng) [1] 筋竹，白日忽见一人，长丈余，面如方相，从竹中出。径语陈臣："我在家多年，汝不知。今辞汝去，当令汝知之。"去一月许日，家大失火，奴婢顿死。一年中，便大贫。

注释：
1. 町：古代土地面积单位名。

白头公

东莱有一家姓陈，家百余口。朝炊，釜不沸。举甑看之，忽有一白头公从釜中出。便诣师卜。卜云："此大怪，应灭门。便归，大作械，械成，使置门壁下，坚闭门在内，有马骑麾盖来扣门者，慎勿应。"乃归，合手伐得百余械，置门屋下。果有人至，呼。不应。主帅大怒，令缘门入，从人窥门内，见大小械百余，出门还说如此。帅大惶恐，语左右云："教速来，不速来，遂无一人当去，何以解罪也？从此北行可八十里，有一百三口，取以当之。"后十日，此家死亡都尽。此家亦姓陈云。

服留鸟

晋惠帝永康元年，京师得异鸟，莫能名。赵王伦使人持出，周旋城邑市匝以问人。即日，宫西有一小儿见之，遂自言曰："服留鸟。"持者还白伦。伦使更求，又见之，乃将入宫。密笼鸟，并闭小儿于户中。明日往视，悉不复见。

南康柑子

南康[1]郡南东望山，有三人入山，见山顶有果树，众果毕植，行列整齐如人行，甘子正熟。三人共食致饱，乃怀二枚，欲出示人。闻空中语云："催[2]放双甘，乃听汝去。"

注释：

1. 南康：古郡名，晋代置南康郡。郡治在今江西于都。

2. 催：赶紧。

秦瞻

秦瞻，居曲阿[1]彭皇野，忽有物如蛇，突入其脑中。蛇来，先闻臭气，便于鼻中入，盘其头中，觉哄哄，仅闻其脑间食声咂咂[2]。数日而出去，寻复来。取手巾缚鼻口，亦被入。积年无他病，唯患头重。

注释：

1. 曲阿：古县名，故城在今江苏丹阳。

2. 咂咂：拟声词，形容吮吸东西的声音。

卷十八

饭臿怪

魏景初中，咸阳县吏王臣家有怪。每夜无故闻拍手相呼。伺，无所见。其母，夜作，倦，就枕寝息。有顷，复闻灶下有呼声曰："文约，何以不来？"头下枕应曰："我见枕，不能往。汝可来就我饮。"至明，乃饭臿（chā）[1]也。即聚烧之。其怪遂绝。

注释：
1. 饭臿：盛饭用的工具。

何文除宅妖

魏郡[1]张奋者，家本巨富，忽衰老，财散，遂卖宅与程应。应入居，举家病疾，转卖邻人何文。

文先独持大刀，暮入北堂中梁上，至三更竟，忽有一人长丈余，高冠，黄衣，升堂呼曰："细腰！"细腰应诺。曰："舍中何以有生人气也？"答曰："无之。"便去。须臾，有一高冠，青衣者。次之，又有高冠白衣者，问答并如前。及将曙，文乃下堂中，如向法呼之，问曰："黄衣者为谁？"曰："金也。在堂西壁下。""青衣者为谁？"曰："钱也。在堂前井边五步。""白衣者为谁？"曰："银也。在墙东北角柱下。""汝复为谁？"曰："我，杵也。今在灶下。"及晓，文按次掘之，得金银五百斤，钱千万贯。仍取杵焚之。由此大富。宅遂清宁。

注释：

1. 魏郡：古郡名，汉代置魏郡。故城在今河北临漳县城西南。

秦文公斗树神

秦时，武都¹故道²有怒特祠，祠上生梓树。秦文公³二十七年，使人伐之，辄有大风雨，树创随合，经日不断。文公乃益发卒，持斧者至四十人，犹不断。士疲，还息。其一人伤足，不能行，卧树下，闻鬼语树神曰："劳乎攻战？"其一人曰："何足为劳。"又曰："秦公将必不休，如之何？"答曰："秦公其如予何。"又曰："秦若使三百人被发，以朱丝绕树，赭衣，灰坌（bèn）⁴伐汝，汝得不困耶？"神寂无言。明日，病人语所闻。公于是令人皆衣赭，随斫创，坌以灰。树断，中有一青牛出，走入丰水⁵中。其后，青牛出丰水中，使骑击之，不胜。有骑堕地，复上，髻解，被发，牛畏之，乃入水，不敢出。故秦自是置旄头骑⁶。

注释：

1. 武都：地名，在今甘肃武都一带。

2. 故道：古县名，秦代置故道县。县治在今陕西凤县双石铺镇。

3. 秦文公：春秋初期秦国君主。

4. 灰坌：尘土飞扬。

5. 丰水：水名，今写作"沣水"。发源于陕西西安南秦岭北坡，向北流入
   渭水。

树神黄祖

庐江龙舒县¹ 陆亭流水边，有一大树，高数十丈，常有黄鸟数千枚巢其上。时久旱，长老共相谓曰："彼树常有黄气，或有神灵，可以祈雨。"因以酒脯往。亭中有寡妇李宪者，夜起，室中忽见一妇人，着绣衣，自称曰："我，树神黄祖也，能兴云雨。以汝性洁，佐汝为生。朝来父老皆欲祈雨，吾已求之于帝，明日日中大雨。"至期果雨。遂为立祠。神谓宪曰："诸卿在此，吾居近水，当致少鲤鱼。"言讫，有鲤鱼数十头飞集堂下，坐者莫不惊悚。如此岁余，神曰："将有大兵，今辞汝去。"留一玉环，曰："持此可以避难。"后刘表²、袁术³相攻，龙舒之民皆徙去，唯宪里不被兵。

注释：

1. 龙舒县：即今安徽舒城。

2. 刘表：汉代宗亲，为汉末群雄之一。

3. 袁术：袁绍的弟弟，讨伐董卓后割据扬州，最终为吕布、曹操所败。

张辽除树怪

魏桂阳太守江夏张辽，字叔高，去鄢陵¹，家居买田。田中有大树，十余围，枝叶扶疏，盖地数亩，不生谷。遣客伐之。斧数下，有赤汁六七斗出。客惊怖，归白叔高。叔高大怒曰："树老汁赤，如何得怪！"因自严行复斫之。血大流洒。叔高使先斫其枝，上有一空处，见白头公，可长四五尺，突出，往赴叔高。高以刀逆格之。如此，凡杀四五头，并死。左右皆惊怖伏地，叔高神虑怡然如旧。徐熟视，非人，非兽。遂伐其木。此所谓木石之怪夔魍魉者乎？是岁应司空辟侍御史、兖州刺史。以二千石[2]之尊过乡里，荐祝祖考，白日绣衣[3]荣羡，竟无他怪。

注释：
1. 鄢陵：古地名，在今河南鄢陵西北。
2. 二千石：本为郡守俸禄，此处代指郡守。
3. 白日绣衣：形容有了功名富贵后夸耀乡里。

彭侯

吴先主时，陆敬叔为建安太守。使人伐大樟树，不数斧，忽有血出。树断，有物，人面狗身，从树中出。敬叔曰："此名彭侯。"乃烹食之，其味如狗。《白泽图》曰："木之精名彭侯，状如黑狗，无尾，可烹食之。"

船自飞下水

吴时有梓树巨围，叶广丈余，垂柯数亩。吴王伐树作船，使童男女三十人牵挽之。船自飞下水，男女皆溺死。至今潭中时有唱唤督进之音[1]也。

注释：
1.唱唤督进之音：指劳动号子之类的。

董仲舒戏老狸

董仲舒下帷讲诵，有客来诣，舒知其非常。客又云："欲雨。"舒戏之曰："巢居知风，穴居知雨。卿非狐狸，则是鼷（xī）鼠。"客遂化为老狸。

狐妖华表

张华字茂先，晋惠帝时为司空。于时燕昭王[1]墓前有一斑狐，积年，能为变幻。乃变作一书生，欲诣张公。过问墓前华表曰："以我才貌，可得见张司空否？"华表曰："子之妙解，无为不可。但张公智度，恐难笼络。出必遇辱，殆不得返。非但丧子千岁之质，亦当深误老表。"狐不从，乃持刺谒华。

华见其总角[2]风流，洁白如玉，举动容止，顾盼生姿，雅重之。于是论及文章，辨校声实，华未尝闻。比复商略三史[3]，探赜[4]百家，谈老、庄之奥区，披《风》《雅》[5]之绝旨，包十圣，贯三才[6]，箴八儒，摘（zhāi）[7]五礼[8]，华无不应声屈滞[9]。乃叹曰："天下岂有此少年！若非鬼魅则是狐狸。"乃扫榻延留，留人防护。

此生乃曰："明公[10]当尊贤容众，嘉善而矜不能，奈何憎人学问？墨子兼爱，其若是耶？"言卒，便求退。华已使人防门，不得出。既而又谓华曰："公门置甲兵栏骑，当是致疑于仆也。将恐天下

285

之人卷舌而不言，智谋之士望门而不进。深为明公惜之。"华不应，而使人防御甚严。

时丰城[11]令雷焕，字孔章，博物士也，来访华。华以书生白之。孔章曰："若疑之，何不呼猎犬试之？"乃命犬以试，竟无惮色。狐曰："我天生才智，反以为妖，以犬试我，遮莫[12]千试万虑，其能为患乎？"华闻，益怒，曰："此必真妖也。闻魑魅忌狗，所别者数百年物耳，千年老精，不能复别。惟得千年枯木照之，则形立见。"孔章曰："千年神木，何由可得？"华曰："世传燕昭王墓前华表木已经千年。"乃遣人伐华表。

使人欲至木所，忽空中有一青衣小儿来，问使曰："君何来也？"使曰："张司空有一少年来谒，多才巧辞，疑是妖魅。使我取华表照之。"青衣曰："老狐不智，不听我言，今日祸已及我，其可逃乎？"乃发声而泣，倏然不见。使乃伐其木，血流。便将木归，燃之以照书生，乃一斑狐。华曰："此二物不值我，千年不可复得。"乃烹之。

注释：

1. 燕昭王：战国时燕国国君。

2. 总角：本指古时儿童的发髻，如角向上。后用来代指儿童、少年。

3. 三史：魏晋南北朝时期称《史记》《汉书》《东观汉记》为三史。

4. 探赜：探求。

5.《风》《雅》：《风》为《诗经》组成部分之一，主要为周代各地的歌谣。《雅》为《诗经》组成部分之一，是周人的正声雅乐，又分《小雅》和《大雅》。

6. 三才：天、地、人。

7. 擿：指责，批判。

8. 五礼：古代的五种礼制，即吉、凶、军、宾、嘉礼。

9. 屈滞：形容语言艰涩。

10. 明公：古代对有名位的人的尊称。

11. 丰城：即今江西丰城。

12. 遮莫：任凭、只管。

吴兴老狸

晋时，吴兴一人有二男，田中作时，尝见父来骂詈[1]赶打之。儿以告母，母问其父，父大惊，知是鬼魅，便令儿斫之。鬼便寂不复往。父忧恐儿为鬼所困，便自往看。儿谓是鬼，便杀而埋之。鬼便遂归，作其父形，且语其家，二儿已杀妖矣。儿暮归，共相庆贺，积年不觉。后有一法师过其家，语二儿云："君尊侯有大邪气。"儿以白父，父大怒。儿出以语师，令速去。师遂作声入，父即成大老狸，入床下，遂擒杀之。向所杀者，乃真父也。改殡治服。一儿遂自杀，一儿忿懊，亦死。

注释：

1. 骂詈：斥骂。

句容狸女

句容县麋村民黄审于田中耕，有一妇人过其田，自塍上度，从东适下而复还。审初谓是人。日日如此，意甚怪之。审因问曰："妇数从何来也？"妇人少住，但笑而不言，便去。审愈疑之。预以长镰伺其还，未敢斫妇，但斫所随婢。妇化为狸走去。视婢，乃狸尾耳。审追之，不及。后人有见此狸出坑头，掘之，无复尾焉。

刘伯祖与狸神

博陵[1]刘伯祖为河东太守，所止承尘上有神，能语，常呼伯祖与语。及京师诏书谪下消息，辄预告伯祖。伯祖问其所食啖，欲得羊肝。乃买羊肝，于前切之，臠随刀不见。尽两羊肝，忽有一老狸，眇眇[2]在案前。持刀者欲举刀斫之，伯祖呵止。自着承尘上，须臾大笑曰：“向者啖羊肝，醉忽失形，与府君相见，大惭愧。”

后伯祖当为司隶[3]，神复先语伯祖曰：“某月某日，诏书当到。”至期，如言。及入司隶府，神随遂在承尘上，辄言省内事。伯祖大恐怖，谓神曰：“今职在刺举，若左右贵人闻神在此，因以相害。”神答曰：“诚如府君所虑。当相舍去。”遂即无声。

注释：

1. 博陵：古郡名，郡治在今河北蠡县。
2. 眇眇：通“妙妙”，拟声词，形容狸猫叫。
3. 司隶：官职名，主管察举百官及京师近郡违法犯罪的人。

阿紫

后汉建安中，沛国[1]郡陈羡为西海都尉。其部曲[2]王灵孝无故逃去，羡欲杀之。居无何，孝复逃走。羡久不见，囚其妇，妇以实对。羡曰：“是必魅将去，当求之。”因将步骑数十，领猎犬，周旋于城外求索，果见孝于空冢中。闻人犬声，怪遂避去。羡使人扶孝以归，其形颇象狐矣，略不复与人相应，但啼呼"阿紫"。

阿紫，狐字也。后十余日，乃稍稍了悟。云："狐始来时，于屋曲角鸡栖间，作好妇形，自称阿紫，招我。如此非一。忽然便随去，即为妻，暮辄与共还其家，遇狗不觉。"云乐无比也。道士云："此山魅也。"《名山记》³曰："狐者，先古之淫妇也，其名曰阿紫，化而为狐，故其怪多自称阿紫。"

注释：

1. 沛国：郡国名，治相县，在今安徽。

2. 部曲：古代军队的编制单位，借指军队。在魏晋南北朝时期称豪门大族的私人军队为部曲，也用来指部属、部下。

3. 《名山记》：东晋王嘉编著的志怪小说集。

宋大贤杀狐

南阳西郊有一亭，人不可止，止则有祸。邑人宋大贤以止道自处，尝宿亭楼，夜坐鼓琴，不设兵仗。至夜半时，忽有鬼来登梯，与大贤语，眝（zhù）¹目磋齿，形貌可恶。大贤鼓琴如故。鬼乃去，于市中取死人头来，还语大贤曰："宁可少睡耶？"因以死人头投大贤前。大贤曰："甚佳！我暮卧无枕，正欲得此。"鬼复去。良久乃还，曰："宁可共手搏耶？"大贤曰："善！"语未竟，鬼在前，大贤便逆捉其腰。鬼但急言死，大贤遂杀之。明日视之，乃老狐也。自是亭舍更无妖怪。

1. 眝：瞪眼。

郅伯夷击魅

北部督邮[1]西平[2]郅伯夷，年三十许，大有才决，长沙太守郅君章孙也。日晡（bū）[3]时，到亭，敇前导[4]入且止。录事掾[5]白："今尚早，可至前亭。"曰："欲作文书。"便留，吏卒惶怖，言当解[6]去。传云："督邮欲于楼上观望，亟扫除。"须臾，便上。未暝，楼镫[7]阶下复有火。敇云："我思道，不可见火，灭去。"吏知必有变，当用赴照，但藏置壶中。日既暝，整服坐，诵《六甲》[8]《孝经》[9]《易》本讫，卧。有顷，更转东首，以帢巾[10]结两足，帻冠之，密拔剑解带。夜时，有正黑者四五尺，稍高，走至柱屋，因覆伯夷。伯夷持被掩之，足跣（xiǎn）脱，几失，再三，以剑带击魅脚，呼下火上，照视之，老狐，正赤，略无衣毛。持下烧杀。明旦，发楼屋，得所髡（kūn）[11]人髻百余。因此遂绝。

注释：

1. 督邮：官职名，代表太守督查县乡，传达教令等。

2. 西平：古郡名，辖境在今青海湟源、乐都间湟水流域地区。

3. 晡：申时，即下午三点至五点。

4. 前导：古代官吏出行时前列的仪仗。

5. 录事掾：官职名，主管文书记事的佐吏。

6. 解：向鬼神祈祷攘除灾祸。

7. 镫：也称烛豆、烛盘等。古代照明用具。

8. 《六甲》：书名，记载道家的遁甲之术。

9. 《孝经》：儒家经典，十三经之一。

10. 帤巾：大巾。

11. 髡：剃除毛发。

胡博士

吴中有一书生，皓首，称胡博士，教授诸生。忽复不见。九月初九日，士人相与登山游观，闻讲书声，命仆寻之，见空冢中群狐罗列，见人即走。老狐独不去，乃是皓首书生。

谢鲲捉鹿怪

陈郡谢鲲[1]谢病去职，避地[2]于豫章，尝行经空亭中，夜宿。此亭旧每杀人。夜四更，有一黄衣人呼鲲字云："幼舆！可开户。"鲲澹然[3]无惧色，令中[4]臂于窗中。于是授腕。鲲即极力而牟之，其臂遂脱，乃还去。明日看，乃鹿臂也。寻血取获。尔后此亭无复妖怪。

注释：

1. 谢鲲：字幼舆，晋人，官至振威将军、豫章太守，后辞官隐居。

2. 避地：避世隐居。

3. 澹然：镇定的样子。

4. 申：通"伸"。

猪臂金铃

晋有一士人姓王，家在吴郡。还至曲阿[1]，日暮，引船上，当大埭。见埭[2]上有一女子，年十七八，便呼之，留宿。至晓，解金铃系其臂，使人随至家，都无女人。因逼猪栏中，见母猪臂有金铃。

注释：

1. 曲阿：古县名，即今江苏丹阳。

2. 埭：堵水的水坝。

高山君

汉齐人梁文好道，其家有神祠，建室三四间，座上施皂[1]帐，常在其中，积十数年，后因祀事，帐中忽有人语，自呼"高山君"。大能饮食，治病有验，文奉事甚肃。积数年，得进其帐中。神醉，文乃乞得奉见颜色。谓文曰："授手来！"文纳手，得㧓[2]其颐，髯须甚长。文渐绕手，卒然引之，而闻作羊声。座中惊起，助文引之，乃袁公路[3]家羊也，失之七八年，不知所在。杀之，乃绝。

注释：

1. 皂：黑色。

2. 㧓：顺摸。

3. 袁公路：袁术，字公路，袁绍的弟弟。

田琰杀狗魅

北平田琰居母丧，恒处庐[1]。向一期，夜忽入妇室。密怪之，曰："君在毁灭之地[2]，幸可不甘。"琰不听而合。后琰暂入，不与妇语。妇怪无言，并以前事责之。琰知鬼魅。临暮竟未眠，衰服[3]挂庐。须臾，见一白狗，攫（jué）庐衔衰服，因变为人，着而入。琰随后逐之，见犬将升妇床，便打杀之。妇羞愧而死。

注释：

1. 庐：古人守丧时在墓旁建筑的小屋。

2. 毁灭之地：指为母服丧哀痛之时。

3. 衰服：丧服。

沽酒家狗

司空南阳来季德[1]停丧[2]在殡，忽然见形坐祭床[3]上，颜色服饰声气，熟是也。孙儿妇女，以次教戒，事有条贯[4]。鞭朴奴婢，皆得其过。饮食既绝，辞诀而去。家人大小，哀割断绝。如是数年，家益厌苦。其后饮酒过多，醉而形露，但得老狗，便共打杀。因推问之，则里中沽酒家狗也。

注释：

1. 来季德：即米艳，汉灵帝时任司空。

2. 停丧：人死后殓殡而未下葬。

3. 祭床：摆设祭品的案几。

4. 条贯：条理。

黑帻白衣吏

山阳王瑚，字孟琏，为东海兰陵尉。夜半时，辄有黑帻白单衣吏诣县叩阁¹。迎之，则忽然不见。如是数年。后伺之，见一老狗，黑头白躯犹故，至阁，便为人。以白孟琏，杀之乃绝。

注释：

1. 阁：官署名，此处指县府。

李叔坚见怪不怪

桂阳太守李叔坚，为从事，家有犬，人行。家人言："当杀之。"叔坚曰："犬马喻君子。犬见人行，效之，何伤？"顷之，狗戴叔坚冠走。家大惊。叔坚云："误触冠缨挂之耳。"狗又于灶前畜火¹，家益怔营²。叔坚复云："儿婢皆在田中，狗助畜火，幸可不烦邻里。此有何恶？"数日，狗自暴死。卒无纤芥³之异。

注释：

1. 畜火：生火。

2. 怔营：惶恐不安。

3. 纤芥：细微。

294

无锡苍獭

吴郡无锡有上湖大陂（bēi）[1]，陂吏丁初，天每大雨，辄循堤防。春盛雨，初出行塘，日暮回，顾有一妇人，上下青衣，戴青伞，追后呼："初掾[2]待我。"初时怅然，意欲留俟之，复疑本不见此，今忽有妇人冒阴雨行，恐必鬼物。初便疾走。顾视妇人，追之亦急。初因急行，走之转远，顾视妇人，乃自投陂中，泛然作声，衣盖飞散。视之，是大苍獭，衣伞皆荷叶也。此獭化为人形，数媚年少者也。

注释：

1. 陂：池塘湖泊。
2. 掾：官府内佐官小吏的通称。

王周南克鼠

魏齐王芳正始中，中山[1]王周南为襄邑[2]长。忽有鼠从穴出，在厅事上语曰："王周南！尔以某月某日当死。"周南急往，不应。鼠还穴。后至期，复出，更冠帻皂衣而语曰："周南！尔日中当死。"亦不应。鼠复入穴。须臾复出，出复入，转行数语如前。日适中，鼠复曰："周南！尔不应死，我复何道！"言讫，颠蹶而死，即失衣冠所在。就视之，与常鼠无异。

注释：

1. 中山：郡国名，汉高祖时置中山郡，汉景帝时改郡为中山国。
2. 襄邑：古县名，即今河南睢县。

安阳亭三怪

安阳城南有一亭，夜不可宿，宿辄杀人。书生明术数，乃过宿之。亭民曰："此不可宿。前后宿此，未有活者。"书生曰："无苦也。吾自能谐。"遂住廨（xiè）舍[1]。乃端坐诵书，良久乃休。

夜半后，有一人，着皂单衣，来往户外，呼亭主。亭主应诺。"见亭中有人耶？"答曰："向者有一书生在此读书。适休，似未寝。"乃喑嗟[2]而去，须臾，复有一人，冠赤帻者，呼亭主。问答如前，复喑嗟而去。既去，寂然。

书生知无来者，即起，诣向者呼处，效呼亭主。亭主亦应诺。复云："亭中有人耶？"亭主答如前。乃问曰："向黑衣来者谁？"曰："北舍母猪也。"又曰："冠赤帻来者谁？"曰："西舍老雄鸡父也。"曰："汝复谁耶？"曰："我是老蝎也。"于是书生密便诵书至明，不敢寐。

天明，亭民来视，惊曰："君何得独活？"书生曰："促索剑来，吾与卿取魅。"乃握剑至昨夜应处，果得老蝎，大如琵琶，毒长数尺。西舍得老雄鸡父，北舍得老母猪。凡杀三物，亭毒遂静，永无灾横。

注释：

1. 廨舍：官府建造的房舍。
2. 喑嗟：低声叹息。

汤应斫二怪

吴时，庐陵郡都亭[1]重屋[2]中，常有鬼魅，宿者辄死。自后使

296

官，莫敢入亭止宿。时丹阳人汤应者，大有胆武，使至庐陵，便止亭宿。吏启不可。应不听。进从者还外，唯持一大刀，独处亭中。至三更竟，忽闻有叩阁者，应遥问："是谁？"答云："部郡³相闻。"应使进。致词而去。顷间，复有叩阁者如前，曰："府君⁴相闻。"应复使进，身着皂衣。去后，应谓是人，了无疑也。旋又有叩阁者，云："部郡、府君相诣。"应乃疑曰："此夜非时，又部郡、府君不应同行。"知是鬼魅，因持刀迎之。见二人皆盛衣服，俱进。坐毕，府君者便与应谈。谈未竟，而部郡忽起至应背后，应乃回顾，以刀逆击，中之。府君下坐走出，应急追，至亭后墙下及之，斫伤数下，应乃还卧。达曙，将人往寻，见有血迹，皆得之。云称府君者，是一老豨（xī）⁵也；部郡者，是一老狸也。自是遂绝。

注释：

1. 都亭：都邑中的传舍，秦立十里一亭。

2. 重屋：高楼。

3. 部郡：指"部郡国从事史"，官职名，主管监督郡守。

4. 府君：汉代对郡守、太守的尊称。

5. 豨：猪。

· 卷十九

李寄斩蛇

　　东越[1]闽中有庸岭，高数十里，其西北隙中有大蛇，长七八丈，大十余围，土俗常惧。东治[2]都尉[3]及属城长吏，多有死者。祭以牛羊，故不得福。或与人梦，或下谕巫祝，欲得啖童女年十二三者。都尉令长并共患之。然气厉不息，共请求人家生婢子，兼有罪家女养之。至八月朝祭，送蛇穴口，蛇出吞啮之。累年如此，已用九女。尔时预复募索，未得其女。

　　将乐[4]县李诞家有六女，无男，其小女名寄，应募欲行，父母不听。寄曰："父母无相留。惟生六女，无有一男，虽有如无。女无缇萦[5]济父母之功，既不能供养，徒费衣食，生无所益，不如早死。卖寄之身，可得少钱，以供父母，岂不善耶！"父母慈怜，终不听去。寄自潜行，不可禁止。寄乃告请好剑及咋蛇犬。

　　至八月朝，便诣庙中坐，怀剑，将犬，先将数石米餈（cí）[6]，用蜜麨（chǎo）[7]灌之，以置穴口。蛇便出，头大如囷（qūn）[8]，目如二尺镜，闻餈香气，先啖食之。寄便放犬，犬就啮咋，寄从后斫得数创。疮痛急，蛇因踊出，至庭而死。寄入视穴，得其九女髑（dú）髅[9]，悉举出，咤言曰："汝曹怯弱，为蛇所食，甚可哀愍。"于是寄女缓步而归。

　　越王闻之，聘寄女为后，拜其父为将乐令，母及姊皆有赏赐。自是东治无复妖邪之物。其歌谣至今存焉。

注释：

1. 东越：古族名，古代越人的一支，相传为越王勾践的后裔。

2. 东冶：古县名，即今福建闽侯。

3. 都尉：官职名，辅佐郡守并掌管全郡军事。

4. 将乐：古县名，三国时期吴置将乐县。即今福建将乐。

5. 缇萦：汉代孝女。汉文帝时期，太仓令淳于意有罪被送往长安监狱，他的
   女儿缇萦随父至长安，上书请求入身为官婢，为父赎罪。汉文帝怜悯她，
   最终宽恕了淳于意的罪。

6. 糍：用糯米制成的食物。

7. 蜜麨：用炒熟的米粉或麦粉拌糖制成的食物。

8. 囷：圆形谷仓。

9. 髑髅：头骨。

司徒府大蛇

晋武帝咸宁中，魏舒为司徒。府中有二大蛇，长十许丈，居厅事平橑（liáo）[1]上。止之数年，而人不知，但怪府中数失小儿，及鸡犬之属。后有一蛇夜出，经柱侧伤于刃，病不能登，于是觉之。发徒数百，攻击移时，然后杀之。视所居，骨骼盈宇之间。于是毁府舍更立之。

注释：

1. 橑：屋椽。

张宽斗蛇翁

汉武帝时张宽为扬州刺史。先是，有二老翁争山地，诣州，讼疆界，连年不决。宽视事[1]，复来。宽窥二翁形状非人，令卒持杖戟将入，问："汝等何精？"翁走，宽呵格之，化为二蛇。

注释：

1. 视事：就职治世。

张福遇鼍妇

荥阳人张福船行还野水边。夜有一女子，容色甚美，自乘小船来投福，云："日暮畏虎，不敢夜行。"福曰："汝何姓？作此轻行。无笠，雨驶，可入船就避雨。"因共相调，遂入就福船寝。以所乘小舟系福船边。三更许，雨晴，月照，福视妇人，乃是一大鼍枕臂而卧。福惊起，欲执之，遽走入水。向小舟，是一枯槎段，长丈余。

丹阳道士

丹阳道士谢非，往石城[1]买冶釜。还，日暮不及至家。山中庙舍于溪水上，入中宿。大声语曰："吾是天帝使者，停此宿。"犹畏人劫夺其釜，意苦搔搔不安。

二更中，有来至庙门者，呼曰："何铜。"铜应喏。曰："庙中有人气，是谁？"铜云："有人，言是天帝使者。"少顷便还。

须臾又有来者，呼铜，问之如前，铜答如故，复叹息而去。非惊扰不得眠，遂起，呼铜问之："先来者谁？"答言："是水边穴中白鼍。""汝是何等物？"答言："是庙北岩嵌中龟也。"非皆阴识之。天明，便告居人，言："此庙中无神。但是龟鼍之辈，徒费酒食祀之。急具锸来，共往伐之。"诸人亦颇疑之。于是并会伐掘，皆杀之。遂坏庙，绝祀。自后安静。

注释：

1. 石城：古县名，在今安徽池州贵池区西南。

五酉

孔子厄于陈，弦歌于馆。中夜，有一人长九尺余，着皂衣，高冠，大吒，声动左右。子贡进问："何人耶？"便提子贡而挟之。子路引出，与战于庭。有顷，未胜。

孔子察之，见其甲车间[1]时时开如掌。孔子曰："何不探其甲车，引而奋登？"子路引之，没手仆于地。乃是大鳀鱼[2]也，长九尺余。孔子曰："此物也，何为来哉？吾闻物老，则群精依之。因衰而至。此其来也，岂以吾遇厄绝粮，从者病乎？夫六畜之物，及龟、蛇、鱼、鳖、草、木之属，久者神皆凭依，能为妖怪，故谓之五酉。五酉者，五行之方，皆有其物。酉者，老也，物老则为怪，杀之则已，夫何患焉？或者天之未丧斯文，以是系予之命乎？不然，何为至于斯也？"弦歌不辍。子路烹之，其味滋，病者兴。明日，遂行。

注释：

1. 甲车间：铠甲和腮间。

304

2. 鲲鱼：即鲇鱼。

鼠妇迎丧

豫章有一家，婢在灶下，忽有人长数寸，来灶间壁，婢误以履践之，杀一人。须臾，遂有数百人，着衰麻服，持棺迎丧，凶仪皆备。出东门，入园中覆船下。就视之，皆是鼠妇[1]。婢作汤灌杀，遂绝。

注释：

1. 鼠妇：虫名，又称鼠妇潮虫。体型椭圆，胸部有环节七，每节有足一对。

千日醉

狄希，中山人也，能造千日酒，饮之千日醉。时有州人，姓刘，名玄石，好饮酒，往求之。希曰："我酒发来未定，不敢饮君。"石曰："纵未熟，且与一杯，得否？"希闻此语，不免饮之。复索，曰："美哉！可更与之。"希曰："且归。别日当来。只此一杯，可眠千日也。"石别，似有怍色[1]。至家，醉死。家人不之疑，哭而葬之。

经三年，希曰："玄石必应酒醒，宜往问之。"既往石家，语曰："石在家否？"家人皆怪之，曰："玄石亡来，服以阕矣。"希惊曰："酒之美矣，而致醉眠千日，今合醒矣。"乃命其家人凿冢，破棺看之。冢上汗气彻天。遂命发冢，方见开目，张口，引声而言曰："快哉，醉我也！"因问希曰："尔作何物也，令我一杯大醉，

305

今日方醒？日高几许？"墓上人皆笑之。被石酒气冲入鼻中，亦各醉卧三月。

注释：
1. 怍色：羞愧的样子。

陈仲举相命

陈仲举[1]微时，常宿黄申家。申妇方产，有扣申门者，家人咸不知。久久方闻屋里有人言："宾堂[2]下有人，不可进。"扣门者相告曰："今当从后门往。"其人便往。有顷，还。留者问之："是何等？名为何？当与几岁？"往者曰："男也，名为奴，当与十五岁。""后应以何死？"答曰："应以兵死。"仲举告其家曰："吾能相。此儿当以兵死。"父母惊之，寸刃不使得执也。

至年十五，有置凿于梁上者，其末出，奴以为木也，自下钩之，凿从梁落，陷脑而死。后仲举为豫章太守，故遣吏往饷之申家，并问奴所在。其家以此具告。仲举闻之，叹曰："此谓命也。"

注释：
1. 陈仲举：即陈蕃，字仲举，东汉人，官至太傅。
2. 宾堂：接待宾客的堂屋。

卷二十

病龙求医

晋魏郡[1]亢阳[2]，农夫祷于龙洞，得雨，将祭谢之。孙登见曰："此病龙雨，安能苏禾稼乎？如弗信，请嗅之。"水果腥秽。龙时背生大疽，闻登言，变为一翁，求治，曰："疾痊，当有报。"不数日，果大雨。见大石中裂开一井，其水湛然，龙盖穿此井以报也。

注释：

1. 魏郡：古郡名，故城在今河北临漳县城西南。

2. 亢阳：旱灾。

苏易助产虎

苏易者，庐陵妇人，善看产。夜忽为虎所取，行六七里，至大圹（kuàng）[1]，厝（cuò）[2]易置地，蹲而守，见有牝虎当产，不得解，匍匐欲死，辄仰视。易怪之，乃为探出之，有三子。生毕，牝虎负易还，再三送野肉于门内。

注释：

1. 圹：墓坑。

2. 厝：放置。

玄鹤衔珠

哙参养母至孝。曾有玄鹤[1]为弋人[2]所射，穷而归参。参收养，疗治其疮，愈而放之。后鹤夜到门外，参执烛视之，见鹤雌雄双至，各衔明珠以报参焉。

注释：

1. 玄鹤：黑鹤。
2. 弋人：射鸟的人。

黄鸟报恩

汉时弘农[1]杨宝，年九岁时。至华阴山[2]北，见一黄雀为鸱枭所搏，坠于树下，为蝼蚁所困。宝见，愍之，取归，置巾箱[3]中，食以黄花。百余日，毛羽成，朝去，暮还。一夕三更，宝读书未卧，有黄衣童子，向宝再拜曰："我西王母使者，使蓬莱，不慎为鸱枭所搏。君仁爱见拯，实感盛德。"乃以白环四枚与宝，曰："令君子孙洁白，位登三事，当如此环。"

注释：

1. 弘农：古郡名，治所在今河南灵宝东北。
2. 华阴山：即华山。
3. 巾箱：古时存放头巾的小箱子。

隋侯珠

隋县溠（zhà）水[1]侧，有断蛇邱。隋侯[2]出行，见大蛇被伤，中断。疑其灵异，使人以药封之，蛇乃能走。因号其处断蛇丘。岁余，蛇衔明珠以报之。珠盈径寸，纯白，而夜有光明，如月之照，可以烛室。故谓之"隋侯珠"，亦曰"灵蛇珠"，又曰"明月珠"。邱南有隋季良大夫池。

注释：
1. 溠水：水名，又称扶恭河。在今湖北随州西北。
2. 隋侯：西周时诸侯国隋国国君。

龟报恩

孔愉字敬康，会稽山阴人，元帝时以讨华轶[1]功封侯，愉少时尝经行余不亭[2]，见笼龟于路者。愉买之，放于余不溪[3]中。龟中流左顾者数过。及后，以功封余不亭侯。铸印，而龟钮左顾，三铸如初。印工以闻，愉乃悟其为龟之报，遂取佩焉。累迁尚书左仆射，赠车骑将军。

注释：
1. 华轶：字颜夏，晋人，曾任江州刺史，后因不服晋元帝命令被斩首。
2. 余不亭：亭名，在今浙江吴兴北。
3. 余不溪：水名，指东苕溪下游。

古巢老姥

古巢[1]一日江水暴涨，寻复故道。港有巨鱼，重万斤，三日乃死。合郡皆食之，一老姥[2]独不食。忽有老叟曰："此吾子也，不幸罹此祸。汝独不食，吾厚报汝。若东门石龟目赤，城当陷。"姥日往视。有稚子讶之，姥以实告。稚子欺之，以朱傅龟目。姥见，急出城。有青衣童子曰："吾龙之子。"乃引姥登山，而城陷为湖。

注释：

1. 古巢：古县名，故城在今安徽巢湖东北。
2. 姥：老妇人的通称。

蚁王报恩

吴富阳县董昭之，尝乘船过钱塘江，中央，见有一蚁，着一短芦，走一头回，复向一头，甚惶遽。昭之曰："此畏死也。"欲取着船。船中人骂："此是毒螫物，不可长。我当蹋（tà）[1]杀之。"昭意甚怜此蚁，因以绳系芦着船。船至岸，蚁得出。其夜梦一人，乌衣，从百许人来谢云："仆是蚁中之王。不慎，堕江，惭君济活。若有急难，当见告语。"

历十余年，时所在劫盗，昭之被横录为劫主，系狱余杭。昭之忽思蚁王梦，缓急当告，今何处告之？结念之际，同被禁者问之，昭之具以实告。其人曰："但取两三蚁。着掌中，语之。"昭之如其言。夜果梦乌衣人云："可急投余杭山中。天下既乱，赦令不久也。"于是便觉，蚁啮械已尽，因得出狱。过江，投余杭山[2]。旋遇赦，得免。

注释:

1. 蹹:通"踏",踩踏。

2. 余杭山:山名,又称秦余杭山、万安山。

义犬黑龙

孙权时李信纯,襄阳纪南[1]人也。家养一狗,字曰黑龙,爱之尤甚,行坐相随,饮馔之间,皆分与食。忽一日,于城外饮酒大醉,归家不及,卧于草中。遇太守郑瑕出猎,见田草深,遣人纵火蓻之。信纯卧处,恰当顺风。犬见火来,乃以口拽纯衣,纯亦不动。卧处比有一溪,相去三五十步,犬即奔往,入水湿身,走来卧处。周回以身洒之,获免主人大难。犬运水困乏,致毙于侧。俄尔信纯醒来,见犬已死,遍身毛湿,甚讶其事。睹火踪迹,因尔恸哭。闻于太守。太守悯之曰:"犬之报恩,甚于人。人不知恩,岂如犬乎?"即命具棺椁衣衾葬之。今纪南有义犬冢,高十余丈。

注释:

1. 纪南:即郢都,春秋战国时期楚国国都。在今湖北荆州江陵区北。

的尾救主

太兴中,吴民华隆,养一快犬,号的尾,常将自随。隆后至江边伐荻[1],为大蛇盘绕,犬奋咋蛇,蛇死。隆僵仆无知,犬彷徨涕泣,走还舟,复反草中。徒伴怪之,随往,见隆闷绝,将归家。犬为不食，比隆复苏，始食。隆愈爱惜，同于亲戚。

注释：

1. 荻：多年生草本植物，与芦同类。根茎有节似竹，叶抱茎生。

蝼蛄神

庐陵太守太原庞企，字子及。自言其远祖不知几何世也，坐事系狱，而非其罪，不堪拷掠，自诬服之。及狱将上，有蝼蛄[1]虫行其左右，乃谓之曰："使尔有神，能活我死，不当善乎。"因投饭与之。蝼蛄食饭尽，去，顷复来，形体稍大。意每异之，乃复与食。如此去来，至数十日间，其大如豚。及竟报，当行刑，蝼蛄夜掘壁根为大孔，乃破械，从之出。去久，时遇赦，得活。于是庞氏世世常以四节祠祀之于都[2]衢[3]处。后世稍怠，不能复特为馔，乃投祭祀之余以祀之，至今犹然。

注释：

1. 蝼蛄：昆虫名，生活在泥土中，吃农作物嫩茎，夜出昼伏。
2. 都：建有宗庙的城邑。
3. 衢：大路。

猿母哀子

临川东兴[1]有人入山，得猿子，便将归，猿母自后逐至家。此人

314

缚猿子于庭中树上以示之。其母便搏颊向人，若乞哀状，直是口不能言耳。此人既不能放，竟击杀之。猿母悲唤，自掷而死。此人破肠视之，寸寸断裂。未半年，其家疫死，灭门。

注释：
1. 东兴：古县名，在今江西黎川。

虞荡猎麈

冯乘[1]虞荡夜猎，见一大麈（zhǔ）[2]，射之。麈便云："虞荡！汝射杀我耶？"明晨，得一麈而入，实时荡死。

注释：
1. 冯乘：古县名，西汉置冯乘县。故城在今湖南江华瑶族自治县涛圩镇。
2. 麈：麋鹿，俗称"四不像"。

华亭大蛇

吴郡海盐县北乡亭里有士人陈甲，本下邳人。晋元帝时，寓居华亭[1]，猎丁东野大薮（sǒu）。欻见大蛇，长六七丈，形如百斛船，玄黄五色，卧冈下。陈即射杀之，不敢说。三年，与乡人共猎，至故见蛇处，语同行曰："昔在此杀大蛇。"其夜梦见一人，乌衣，黑帻，来至其家，问曰："我昔昏醉，汝无状杀我。我昔醉，不识汝面，故三年不相知。今日来就死。"其人即惊觉。明日，腹痛而卒。

1.华亭：地名，唐代置华亭县。即今上海松江。

邛都老姥

邛都县下有一老姥，家贫，孤独，每食，辄有小蛇，头上戴角，在床间，姥怜而饴之食。后稍长大，遂长丈余。令有骏马，蛇遂吸杀之。令因大忿恨，责姥出蛇。姥云："在床下。"令即掘地，愈深愈大，而无所见。令又迁怒，杀姥。蛇乃感人以灵言，瞋¹令："何杀我母？当为母报仇。"此后每夜辄闻若雷若风，四十许日。百姓相见，咸惊语："汝头那忽戴鱼？"是夜，方四十里与城一时俱陷为湖。土人谓之为"陷湖"。唯姥宅无恙，至今犹存。渔人采捕，必依止宿。每有风浪，辄居宅侧，恬静无他。风静水清，犹见城郭楼橹²畟（cè）然³。今水浅时，彼土人没水，取得旧木，坚贞光黑如漆。今好事人以为枕，相赠。

注释：

1.瞋：通"嗔"，嗔怪。

2.楼橹：古代军中建于地面或者车、船上的屋顶盖瞭望台。

3.畟然：清晰的样子。

建业妇人

建业有妇人，背生一瘤，大如数斗囊，中有物如茧栗¹，甚众，行即有声。恒乞于市。自言："村妇也。常与姊姒辈分养蚕，己独频年损耗。因窃其姒[2]一囊茧焚之。顷之，背患此疮，渐成此瘤，以衣覆之，即气闭闷，常露之，乃可。而重如负囊。"

注释：

1. 茧栗：形容东西像茧栗一般大小。

2. 姒：嫂子。

后记

《搜神记》成书背景

自古以来，鬼神信仰就与山川祭祀、祖先祭祀并列，为华夏古老传统之一。《楚辞》《庄子》《列子》《淮南子》《山海经》等亦有大量关于神鬼传说的记载，而《搜神记》可谓其中的集大成者。

至魏晋南北朝时期，社会风气日渐开化，人们打破了"子不语怪力乱神"的传统，开始谈论并在一定程度上质疑鬼神和因果报应的真实性。在这样的背景下，东晋史学家干宝搜集整理而成《搜神记》，旨在"发明神道之不诬"。

《搜神记》作者干宝

干宝，字令升，新蔡（今河南新蔡）人，东晋文学家、史学家。干宝生于世家，自小博览群书，晋元帝时任佐著作郎，后经王导推荐编修国史。

干宝学识渊博，著述宏丰，横跨经、史、子、集四部，堪称魏晋间之通人。至今有关专家收集到的干宝书目达26种，近200卷。

据《晋书·干宝传》记载，干宝有感于父婢死而复生以及其兄气绝复苏二事，相信鬼神不诬，而动笔编纂了《搜神记》一书。

《搜神记》内容及艺术成就

据《晋书》《隋书》《旧唐书》《新唐书》记载，《搜神记》原为三十卷，且原书内容分八略。此八略从《水经注》《荆楚岁时记》《法苑珠林》等书的引文中可见"感应""神化""变化""妖怪"四种，其余均已不详。

今传二十卷本《搜神记》，据考为明人胡应麟从《法苑珠林》等书中录出的辑本。

《搜神记》中保留了大量古代社会的生活材料，也是后人研究中国古代民间传说和神话不可多得的珍本。作为六朝志怪文学的代表作之一，《搜神记》既传承了上古神话传说的古雅，又开启了唐传奇和宋平话的先河，对后世小说发展具有深远影响。

本版《搜神记》特点

本书以《学津讨原》本《搜神记》为底本，辅参多个版本重新校勘和编辑。本版在保留全部原文的基础上，增加生僻字注音及注释，力求降低阅读门槛，注释详尽通达，尽最大可能使读者了解本书原貌。限于时间和水平，书中纰漏处，敬请广大读者批评指正。

搜神记

产品经理 | 许婷婷　　书籍设计 | 陆　震

技术编辑 | 顾逸飞　　责任印制 | 梁拥军

产品监制 | 应　凡　　出 品 人 | 吴　畏

图书在版编目（CIP）数据

搜神记／（晋）干宝著 . — 西安：三秦出版社，
2019.11（2020.5 重印）
　ISBN 978-7-5518-2022-6

　Ⅰ . ①搜… Ⅱ . ①干… Ⅲ . ①笔记小说—中国—东晋
时代 Ⅳ . ① I242.1

中国版本图书馆 CIP 数据核字 (2019) 第 219187 号

搜神记

［晋］干宝 著

出版发行　陕西新华出版传媒集团 三秦出版社
社　　　址　西安市雁塔区曲江新区登高路 1388 号
电　　　话　(029) 81205236
邮政编码　710061
印　　　刷　北京盛通印刷股份有限公司
开　　　本　840mm×1092mm　1/32
印　　　张　10.5
字　　　数　283 千字
版　　　次　2019 年 11 月第 1 版
　　　　　　2020 年 5 月第 2 次印刷
印　　　数　6, 501—9, 500
标准书号　ISBN 978-7-5518-2022-6
定　　　价　49.00 元

网　　　址　http://www.sqcbs.cn
如发现印装质量问题，影响阅读，请联系 021-64386496 调换。